っぽの殻破り

福徳秀

ジャル

しっぽの殻破り

目次

しっぽの殻破り

熱いココアを飲みたい。芯まで冷えた体を温めたい。

有栖川宮《ありすがわのみや》記念公園のいつものベンチに座っている僕の体は、雪だるまよりも冷たい。

そんな僕の目の前を、〈いつもの人〉が、いつもの時間に通り過ぎていく。犬と赤ちゃんを連れて。犬はフレンチブルドッグ。名前は〈カウ〉。由来はきっと、白と黒で牛柄だから。

いつもの人は、いつも、カウにたくさんの声かけをしていた。

「カウ、もっと速く歩いてほしいの？　じゃ走ろっか」

「カウ、今日はお風呂だから、体汚し放題だよ」

「カウー、カウー」

カウは名前を呼ばれるたびに、決まって振り向き、嬉《うれ》しそうにしっぽをぶんぶんと振っていた。いや、小さなロールパンみたいなしっぽは、振る、というよりも、振動。

僕は毎日このベンチに座っていたし、いつもの人は毎日カウを散歩させていた。

カウはいつだって、いつもの人にとっての中心だった。

でもいつだったか、僕はいつもの人の体の変化に気がついた。

お腹がふっくらとしてきたのだ。

日に日にいつもの人の歩く速度は遅くなり、カウは何度も振り返って「おいおい、どうした？　もっと速く歩こうぜ」という顔をした。無縁なセミはひたすらにうるさく鳴いていた。

しばらくすると、いつもの人を見かけなくなった。そのころには、セミの声も聞こえなくなっていた。たまに、カウのようなフレンチブルドッグが通り過ぎるも、いつもの人ではなく男性が連れているから、カウ、と断定できなかった。

久しぶりにセーターを着たあの日。チクチクする首をかく拍子に見上げた空が高すぎてむなしさを感じていたときに、ようやくいつもの人がカウを連れて姿を現した。赤ちゃんとともに。

「ケンちゃん、ほらほら、楽しいね」

いつもの人は抱《だ》っこ紐《ひも》でケンちゃんと思われる赤ちゃんを抱き、リズムに乗って、声をかけていた。

その様子を、僕は見ていた。そしてまた、いつもの人が握っているリードの先にいるカウも振り向き歩きしながら見ていた。

カウがいつもの人の中心ではなくなった瞬間を、僕は目の当たりにしてしまったのだ。

そして今日。

いつもの人は、やはり変わらず、ケンちゃんにのみ話しかける。

「ケンちゃん、寒くない？」

「ケンちゃん、大丈夫？」

「ケンちゃん、お空がキレイだね」

やっぱりカウへの声かけはなかった。

それでもカウはいつもと変わらない様子でまっすぐ前を見て、あちらこちらを楽しそうに探索していた。いつもの人がケンちゃんに声かけをするたびに、カウは振り向き「オレに話しかけていないな」という顔をして、探索に戻る。

カウはもう、いつもの人の中心ではない。

いつもの人の中心はケンちゃんだ。

それでも、小さいロールパンみたいなしっぽは、以前と同じように振動していた。

「カウはすげぇな」

僕の独り言《ひと》に反応したのか、はたまたただの偶然か、カウがこちらを見た。

——お前いつもそこに座っているな——

そう言われている気がした。

「うるせぇ」


僕はひとりっ子。

いつだって中心だった。

両親は常に僕に目を向けていた。

学校でも、中心グループの一員だった。小学校でも中学校でも高校でも。

異性からのアプローチは常にあった。

そんな僕が、第一志望だった大学に落ちた。

すべり止めの大学は受験しなかった。自分が落ちるなんて思ってもいなかったから。

友達グループは、僕以外全員がそれぞれの第一志望の大学に合格。

高校の卒業式数日前に僕以外のみんなで遊びに行ったことは、卒業式の日の会話と雰囲気で容易にわかった。

友達グループのみんなは晴れて大学生に。僕は、雨天、浪人生に。

僕は落ち込むというよりも、不機嫌な人間になっていった。両親は僕に気をつかい始め、言葉を選びながら接してくる。

予備校を、中心人物ではない人たちの集まりに感じた僕は、自分が通うべき場所ではないと、休むようになった。

有り余る時間は、この有栖川宮記念公園のベンチで過ごした。

そもそも僕は、中心にいたのだろうか。

そもそも中心にいたならどうだっていうのか。

毎日毎日、予備校に通うフリをして有栖川宮記念公園にいる。

今や季節はすっかり冬。

いつの間にか、肌は荒れていた。ニキビとは無縁と思っていた肌にはしっかりとニキビが存在していた。

洗面台でニキビを潰していると母に「気にしすぎ。大丈夫」と言われた。

とっさに「気にするに決まってるだろ！」と怒鳴りそうになったが、余計なストレスがニキビを増やしそうで、感情を押し殺した。

ひとりっ子のせいで肌が荒れているとも考えた。両親の遺伝子に存在する肌荒れ遺伝子、それをすべて僕が受け継いだせいだ、と。もし兄弟がいれば、肌荒れ遺伝子をみんなで分け合えることができただろうし、または僕以外の誰かひとりがすべてを受け継いでいたのかもしれない。「ひとりっ子のせいだ！」と怒鳴ろうとしたが、余計なストレスがニキビをさらに増やしそうで、やっぱり感情を押し殺した。とはいえ結果的に、感情を吐き出さずに溜《た》めこんでしまっているので、結局ニキビが増殖しそうだった。

夜、寝る直前は決まって、明日の朝起きたら肌が治っていますようにと願う。当然、朝、洗面台の鏡に映る肌は荒れていた。肌を見るたびに「汚いっ」と思うが、どうしても自分の肌が「汚い」ということを受け入れられず、「荒れている」と思い直す毎朝。

状況は一夜では変わらない。そんなことを痛感。それは今日も明日も公園で過ごすことを示唆《しさ》しているようだった。

高校の仲良しグループのみんなとはすっかり連絡を取らなくなっていた。みんなが今でも連絡を取り合っているかは不明。

寒さで尻が冷えて右太ももが震えた、と思ったらスマホの通知だった。

無意味に、映画の主役のように芝居がかった大げさな仕草で、ポケットからスマホを取り出した僕は、相当暇なのかもしれない。

通知は、高三のとき、同じクラスだったカエデから。あのころカエデは何度も「一緒に写真撮ろう」と声をかけてきた。

そして秋のある日、僕に気持ちを伝えてきた。

僕は「嬉しい。ありがとう。でも今はそんな気分になれない」と断った。

実のところ、カエデのことはアリだった。でも春になれば大学生になり、たくさんの出会いがあるとわかっていたし、恋人がいない方が色々楽しめると、下衆《げす》な知恵を働かせていた。

カエデは「私たち来年はきっと別々の環境にいると思うの。私それでも森本《もりもと》くんのこと頭から離れていないと思う」と見開いた目で言ってきた。

すかさず「思う、って言っちゃってんじゃん。しょせん、絶対、じゃないんだろ」と、今の自分からはかけ離れた高慢な返事をした。

カエデはひと言「だっる」と去っていった。

その日からカエデと話すことはなかった。そのうえ、目が合うこともなかった。

そんなカエデからの一年以上ぶりのアクションは〈今何してるの？　会いたいんだけど〉というメッセージだった。

今の僕にカエデと会う勇気なんてものはなかった。

理由は、第一志望の大学に落ちて、浪人生となり、予備校をサボって、公園で過ごす毎日を送っているから――ではない。ではないのだ。

肌が荒れているからだ。

この肌を誰にも見られたくないのだ。もしかすると、予備校に行かないのも、肌のせいかもしれない。いつの間にか僕は自分の肌に乗っ取られていた。

僕は中心に存在していないし、僕の中心は僕自身ではなく僕の肌だった。カエデの今を見てみたいと思ったとしても、僕の肌がそれを拒否する。

自分の時間に価値があるフリをするために、三十五分後に〈勉強〉とだけ返事をした。

すぐにカエデから返信があった。〈うそつき〉と。

僕は再び自分の時間に値打ちをつけるために二十分後に〈本当だよ。予備校生だから〉と送った。

再びすぐに〈うそつき〉、続けて〈公園にいるでしょ。見えてるよ〉と届いた。

辺りを見回すと公園の端にカエデは立っていた。耳にスマホを当てている。

僕の右手でスマホが振動した。電話だ。

電話の振動は、目に見えないのに有無を言わせない意思がある。そんな頑《かたく》なに続く振動が、不意にカウのしっぽの振動を思い起こさせる。あの可愛《かわい》さが、緊張感を柔らかくしてくれた。

「もしもし」

「公園の横を通ったら森本くんがいたからびっくりした。勉強してないじゃん。そっち行っていい?」

「ダメ」

「なんで?」

「言いたくない」

肌を見られたくないから、と素直に言えたら、たいした悩みではない。

コンプレックスとは、寛容な人に「コンプレックスは何?」と質問されたとしても「えー、なんだろ」とごまかしてしまうもの、だと思った。

「だめ。そっちに行く」

「ダメ」

「なんで？　高三のとき、私が言ったこと覚えてる？　宣言通り、まだ森本くんのこと頭から離れてないよ」

特定の原因はわからないが、少しだけ苛立《いらだ》った。

「今のおれをその距離からでしか見てないくせによく言うよ。しかもさ、今、偶然、おれを見かけただけだろ。もし、なんでもないときに電話をかけてきて、その気持ちを伝えてくれるならわかるけどさ、偶然見かけただけのくせに都合良すぎだろ」

「きっかけがなかったから」

きっかけ。大学に落ちた、このきっかけひとつで僕は今こんな奴になってしまった。

「私、卒業してからもずっと、私の中心はずっと森本くんだよ」

僕はもうどこかの中心にいないが、カエデの中心にいたらしい。

「ごめん、私、うそついてた。実は何回もこの公園にいる森本くんを見かけたんだよ。毎日ここにいることもわかってた。でも声をかけられなかった。本当は、きっかけたくさんあったんだよ。でもなぜか、今日は声をかけられた」

きっと僕には変われるきっかけが毎日あった。それを毎日見過ごしていたのだろう。

「私わかったかも。きっかけって貯《た》めるものなのかもね。ポイント制みたいに。きっかけポイントが貯まりきって、初めて、一回のきっかけになるのかな？」

僕が立ち直るきっかけポイントは、どれほど貯まっているのだろう。

「森本くん、ずっとベンチに座っているけど寒くないの？」

相手に「寒い？」と聞く人は、自身が寒さを感じているからと聞いたことがある。よってカエデは寒いのだろう。

僕が自分の時間に価値があるフリをしてカエデからのメッセージの返事を、三十五分と二十分も遅らせている間、カエデはずっとそこに立っていたのだろうか。きっと立っていたのだろう。つまり五十五分間、そこに立っていたのだろう。

「ねぇ？　そっち行っていい？　ってかさ、実は私に見られてたのに、勉強してるフリしてたの、超恥ずかしくない？」

笑いをふくんだ声が電話越しと肉声でわずかに聞こえてきた。

その恥ずかしさに気づいたのは今さらで、僕は肌を見られる危機感だけに襲われていたのだった。ただ、この恥ずかしさが感情を侵食してきた今、肌を見られる危機感は感情の半分の割合になっていて、少しだけ楽になった気がした。

「いいよ。でも驚くなよ」

カエデが一歩進んだ。

「なんで？」

「言いたくない」

「じゃこの距離のままでいいや」

立ち止まるカエデ。

「いや来いよ」

「じゃ驚く理由言ってよ。笑い飛ばしてやるから」

笑いと一緒にニキビが飛んでいくわけがない。

「肌めちゃくちゃに荒れてるんだよ」

「え？　それだけのこと？」

カエデは、ひと呼吸の間だけ、首を前につき出したような姿勢になった。

「うん」

カエデが笑った。そして大きな笑い声を発しながら近づいてきた。てくてくと歩く様子が、以前と変わらなかった。

目の前に来た。

電話を切った。

ベンチに座っている僕を見ながら、まだ笑い続けているカエデ。

うその笑い声なのか、本当に笑っているのかがわからなかった。

「うそ笑い？　本気笑い？」

笑い続けているカエデが瞬時に真顔になった。

「うそ笑い」

「え？」

意外な答えに今度は僕が笑ってしまった。久しぶりに本気で笑った。

するとカエデはその場で、大きな深呼吸を五回もした。僕がそれを眺めていると、カエデが言った。

「たしかに肌荒れてるね」

「はっきり言うなよ」

「だから何？　今、森本くん、笑顔になったから、顔の印象、笑顔に変わったよ。真顔だとたしかに、荒れてる肌が目立つかもだけど、笑顔になれば、肌より笑顔が目立つよ。見られたくないものは、別の何かを目立たせて隠せばいいんだよ。見られないために、ひとりぼっちになるんじゃなくて。あぁ、深呼吸効果絶大」

「へぇ」

「『へぇ』じゃなくて笑えよ！　私もほら、何かわからない？　変化」

一年前となんら変わらないカエデがいる。多少大人びて、むくみみたいなものがなくなったくらいいか。

「少し大人になった？」

「え？　鈍すぎ。私、ほら」

　カエデはベンチに座っている僕を見下ろし、笑顔を作って自分の歯を指さした。そこには歯列矯正の器具が装着されていた。

「矯正？　だから何？」

「私、森本くんにフラれたとき、歯並びが完璧だったら、フラれていなかったかもって、奇妙な言い訳を作って、親にお願いして、歯列矯正始めたの。そしたら、今度は器具が嫌で、こんなの森本くんに見られたくないって。歯並びがきれいになるまでは森本くんの前に現れないって決めたけど、それは何年後⁉って話で。そしたらある日この公園で森本くんを見かけて」

「すごい偶然」

「偶然も何も、私、家近くだし、そりゃ見かけるよ。……ごめん、実は、また、うそついてる。本当は偶然じゃない。偶然って言った方が運命感あるかなと思って」

「うそ？」

　そもそも僕はひとつ目のうそを思い出せないでいた。

「私、お姉ちゃん夫婦が近くに住んでて、お姉ちゃんが教えてくれた。私、お姉ちゃんに、『好きな人』って言って、しょっちゅう、森本くんの写真見せてたから」

「写真」

特定の原因はわからないが、少しだけ嬉しかった。〈好きな人〉と言われたことが嬉しかったのか、誰かの会話に自分が登場していたことが嬉しかったのか、誰かが僕の顔を見ていたことが嬉しかったのか、嬉しがる要素は他にもまだまだありそうで、それらが貯まりに貯まった結果、少しだけ嬉しかった、のかもしれない。

「でね、ある日ね、お姉ちゃんが『カエデが言ってるいつもの人、いつも公園にいるよ』って」

「いつもの人。……お姉さん、よくわかったな」

「お姉ちゃん、この公園、犬の散歩コースなの。最近子ども生まれてあんまり行けてなかったんだけど」

「カウ？　ケンちゃん？」

「え、なんで知ってんの⁉」

〈いつもの人〉はカエデのお姉さんだった。この展開、運命感。

「名前を呼んでいるの、いつも聞いてたから」

「この発覚の仕方、すごい運命感あるね」

「運命感」

運命感、という言葉が妙に心地よくなってきた。

「それで森本くんがここにいることを知って、見に来たら、わかんないけど弱ってるように見えて」

「……弱ってる」

「あ、笑った。肌荒れ消えた。いいな。私なんて、笑ったら余計目立つんだよ」

「いや、あれだけ笑ってたのに気づかなかった。そもそも歯並びに対して何も思ってなかった」

僕は正直に伝えた。

「そう。そういうことなの。しょせん、人は他人に興味がないの。それに気がついてからは、私、器具丸出しで笑うようにしてる」

「みんな、他人に興味ないんだ」

僕は笑顔のまま、ボソッと言った。

「みんな、自分が中心だから」

カエデが笑顔のまま、はっきりと言った。

「自分が中心。それでいいんだよな」

どこかの中心に自分が存在する必要は一切ない。

どこにいても自分が中心であれば、楽に生きられるかもしれない。

「『自分だけがなんで……』って落ち込んだりするのって、まぎれもなく自分が中心の証だよね。開き直ったら？　生きているってことは自分が主人公ってことでいいんじゃない？」

「でもさっきカエデは、中心がおれだった、って言った。矛盾してる」

「だっる」

高三の秋の「だっる」とは随分とニュアンスが違ったのは、笑いながら言ったからだろう。

「私なりに、森本くんを励まそうとしてるだけじゃん。そりゃ矛盾もあるよ。お姉ちゃんが言ってたんだけど、『子どもより言葉をたくさん知っている大人が、泣いている子どもを泣き止ませることができないなんて、言葉は無力。そばにいることが最強』って。だから、私が言っていることなんか信用しないで。そもそも今、すべてを解決しようとしないで。何があったのかは知らないけど、徐々に解決しなよ。状況は今すぐ良くならないって」

カエデがもっともなことを言ったものだから、大いに笑ってしまった。

「おれこんなこと言うの恥ずかしいけど、元気出たわ」

「じゃその元気使って、コーヒーでも飲みに行こうよ」

「おれコーヒー飲めない」

「だっる。コーヒーじゃなくても、甘い奴とか飲めばいいじゃん。店行ったら、だいたいコーヒー以外もあるでしょ。真面目すぎるんだよ」

「おれが中心だから」

「今は、私たち、が中心」

「ほぉ。じゃコーヒー飲んでみよっと」

僕はベンチから立ち上がった。そして言った。

「カウに伝えておいて。『明日からおれいないよ』って」

「わかった」

僕たちは歩き始めた。

ミルフィーユとコートの先にある見解

「あれはケーキの遺影撮影だよ」

派手に盛りつけられたストロベリーミルフィーユを、スマホで撮影する女子高生たちを見て、クミが言った。

「ケーキの遺影？」

僕の問いを予想していたかのように、すぐに話し出すクミ。

「だって、あのケーキは今から食べられるんでしょ。つまり、死ぬ直前。だから遺影撮影じゃん」

ひねくれたクミの考えを聞くのが好きだ。

僕が少しだけ笑うと、言い足らなさそうに続けた。

「ＳＮＳに『おいしかった！』ってコメントをするんでしょ？　それなら、食後のお皿を撮ればいいのにね。それかせめてひと口食べてから、写真を撮って、『おいしい』ってコメントをするなら理解できる。そもそもさぁ、食前に撮る意味がわかんないんだよね。おいしいが確定してない状況で撮ってるんだよ」

クミが水をひと口飲んだ。その隙に僕は言葉をはさんだ。

「そもそもあの女子高生たちは、『おいしそう』って思って写真を撮ってるんだよ。じゃ例えばコメントが、『おいしそうって思って写真を撮って、食べたらおいしかった！』だったら許せる？」

「うん、許せる。でもなんか面倒な人だよね」

「なんだよそれ。クミが一番面倒な人だよ」

「例えば、楽しいときって思わず写真を撮りたくなるじゃん。『今から楽しくなりそう〜』って思っては撮らないじゃん」

「そうかな？　おれ今、写真撮りたいよ。『今からクミとカフェで過ごせるのか〜、楽しそう』って感じで」

「ダッセェ。キザ男。別に嬉《うれ》しくねぇ」

クミへの気持ちを伝えると、いつも冷たくて温かい反応をしてくれる。

「お待たせしました」

このカフェで人気のストロベリーミルフィーユを二皿、店員が慎重に持ってきてくれた。

「おいしそうー」

クミが小さく手を叩《たた》きながら、スマホでミルフィーユを撮った。

「いや、撮るのかよ」

僕の指摘に「よくできました」と偉そうに言ったクミは、あごを突き出し変な顔をした。

すかさず僕はスマホを構えた。カメラの音が聞こえるまで、その顔を保ってくれている。

「どう？　撮れた？」

「うん、いい顔だな」

「じゃ、いただきまーす」

これだけ和やかな空気を作り出せる僕とクミですら、いずれ小さな歪《ひず》みが生まれ、別れる日が来るのだろう。彼女と出会って半年。まだ歪みの前兆もない。気づいていないだけなのか。

僕は今まで、人並みの数だけ恋人ができて、たくさんのことを経験した。それと引き換えに、恋人とはいずれ別れが来ることも学んでしまった。どれほど甘い関係を築いても、いつしかすれ違いが生じて崩れていく。

初めて彼女ができたのは高校生。付き合い始めたころ、心では「おれが一生涯、愛する女はコイツのみ！」と、本気でスローガンを掲げていた。いとも簡単に成し遂げられる事柄だと思っていた。しかし別々の大学に進み、会う回数が減ると、あっという間に別れてしまった。気づいたときにはふたりの関係は崩れていた。

目の前に置かれたストロベリーミルフィーユ。

パイ生地とパイ生地にはさまった不安定なイチゴ。その隙間にたっぷりのクリーム。ひと口分をフォークで切り取ろうとしようものなら、あっという間に崩壊する。これを器用に鮮やかに食べられる人はいるのか。いない。絶対に崩れる。それが恋人関係と似ている気がした。しょせん、ミルフィーユは不安定で甘ったるいものなのかもしれない。ミルフィーユが崩れてからは、片付けのように食べることもある。

「じっくり見るねぇ」

クミが指摘してきた。

僕がミルフィーユの断面を真横から見ようと姿勢を変えると、椅子の背もたれにかけたコートがずり落ちた。この冬の始まりに買ったお気に入りの一着を、すぐに拾い上げ、また背もたれにかけた。

このコートも、いずれ着なくなる。これも学んでしまった悲しい人生経験。

買った当初は「一生着られる」と本気で思う。この冬をこのコートとともに過ごし、春前にクリーニング店できれいにしてもらい、「また冬に」と再会を誓う。今は自信を持って、「次の冬も着られる!」と思っている。ただこの自信が、クローゼットの中で、夏の暑さに溶けてしまうということを、僕は知っている。

約束の冬、久しぶりに着てみると、丈の長さが気になったり、少しくたびれた生地がみっともなく見えたりと、欠点ばかりが目につく。長所に隠れていたかのような欠点が、姿を現す。

また新たな欠点として、二月のコートにはありがたみをたくさん感じるが、再び着始める十二月のコートは少し暑くて煩わしいのだ。

そして何より欠点が浮き出てくる最大の要因は、新しいコートを手に入れたい欲だ。古いコートの欠点を積極的に探し、買い換える言い訳を探している、愚かな物欲。

恐ろしいことに僕は、これを恋人と似ていると考えてしまった。恋人ができるたびに、新しい恋人を求めて、恋人の欠点を探しているのか。

「ねぇ、食べようよ」

ひとつ年下のクミが僕を見ている。

出会ったのは半年前の夏、会社の同僚に誘われた飲み会。

最寄り駅から、指定された居酒屋に向かっていると、前方を女性が歩いていた。ひとつにまとめた黒い髪。ヘアゴムで束ねた部分が太かった。僕が人生で見てきたポニーテールで最も太かった。

その女性は僕が目指す居酒屋のある雑居ビルに入った。自然とエレベーターも一緒になった。女性はボタンの前に立ち、行き先階を押した。そして半歩後ろに下がって、無言で僕にボタンを押すように促した。

しかし女性が押したボタンの階は、僕が行く店もあるフロアーだった。そのせいで僕は前のめりになって、すぐに引っ込み、鳩《はと》みたいな動きになってしまった。

無言のふたりっきりのエレベーター。

目的階に着き、扉が開くと女性が開ボタンを押してくれていた。軽く頭を下げてから出る。すぐに店員に迎えられ予約していた同僚の名前を言うと、後ろにいたその女性が声を出した。

「いや、一緒かよ」

決して下品ではない言い方。

僕がとっさに彼女を見ると、すでに恥ずかしそうな顔をしていたからこそ感じられた、むしろ上品さ。

心の中の独り言が勝手に出てしまって照れている様子と、太く束ねた髪から感じられる意思の強さが相反していて、僕は笑ってしまった。

胸の熱さが夏の暑さに勝った。なんてことを思ったりして、あっという間に恋人同士になった僕とクミ。

「早く食べようよ」

クミが顔をのぞきこんできた。

「じゃ今度こそいただきまーす」

クミのかけ声で、僕らはフォークを横向きにしてミルフィーユをひと口分カットしようとした。

もろいミルフィーユは簡単に形を崩した。

「あー、食べるの難しいね」

クミも同様にミルフィーユを崩していた。僕のミルフィーユと同じように。

「うわぁ。せっかくのミルフィーユが崩れちゃった。でも味は変わらないからね」

そうか。

ミルフィーユは崩れてもミルフィーユなのだ。崩れたからといって、名称は変わらない。

僕たちだって仮に崩れてしまっても、僕たちのままでいればいいのだ。

「コートまた落ちてるよ。汚いから、新しいの買ったら？　ついて行ってあげようか？」

冗談めかして言ったクミにすかさず「贅沢《ぜいたく》すぎるだろ」と言おうとしたが、納得してしまった。

そうか。

新しいコートを買えばいいのだ。そのときに隣にクミがいればいい。

冬が来ればコートが必要になる。どれだけ科学が進歩しようとも、僕の寿命が尽きるまでには冬を寒くない季節にすることはできないだろう。つまり冬になればコートを求める。このように僕が、一生涯クミを求め続ければいいではないか。

とても簡単な話だ。

「結婚しないか？　遺影を撮るまで一緒にいよう」

「死ぬのが大前提のプロポーズやめてよ」

僕の言葉は世間話のように、たやすくクミに返事をされた。

「違うよ。死ぬまで一緒にいるのが大前提のプロポーズだよ」

「じゃツーショット撮ろう。カップルの私たちの、遺影撮影。これからは夫婦になるんだから」

今の僕らはミルフィーユより甘いに違いない。

そしてチーズケーキのようにどっしりと安定感があるだろう。

告白と黒板

［明菜《あきな》と比呂子《ひろこ》］

私の親友の比呂子は日賀《ひが》くんが好きで、日賀くんの親友の秋田《あきた》くんは私の好きな人。みんな同じ二年B組。

比呂子は度々このように言う。

「あたしと日賀くんの名前の頭の文字は〈ひ〉で、明菜と秋田くんは〈あき〉なんだよ。これってまぁまぁの運命だよ。運命度だけでいうと、明菜と秋田くんは二文字も同じだから、あたしと日賀くんより強いんだよ」

「その怪しい理論、何回言うの。そもそも名前と名字じゃん」

そっけない返事をして、実は真に受けている私。

「もし、明菜と秋田くんが結婚したら、秋田明菜で略して〈アキアキ〉だね」

「何それー」

跳びはねたくなる気持ちを隠して、比呂子をあしらった。クラスメイトを好きという気持ちは比呂子と共有できるけど、両想いになれるという思考を持つことは、やたらと恥ずかしくて隠してしまう。

「アキアキー！」

比呂子がふざけて呼びかけてくる。

「はーい」

気だるさを装い、浮き立つ心を隠した。

下校時はいつも、日賀くんと秋田くんの話で盛り上がる。「カッコイイ」とか安易な言葉を並べているだけで楽しい。最後には決まって「日賀くんも秋田くんも、私たちのことをどう思ってるんだろうね」と比呂子がむなしくつぶやく。

私たちは、意中の相手に「一日に一回は話しかけようね！」と励まし合った。


私と比呂子は学校でずっと一緒にいる。

日賀くんと秋田くんもずっと一緒にいる。

だから、それぞれが意中の相手とふたりっきりで話したことはない。休み時間に話すことができれば、四人で輪を作る。

「高校卒業したらすぐに車の免許取りたいよな」

日賀くんがハンドルを握るフリをした。

「免許合格するころには、大学の卒業間際だったりして」

比呂子が嬉《うれ》しそうに日賀くんを茶化した。

秋田くんが日賀くんの頭をなでながら、

「おい、日賀。キミはそんなにバカじゃないよなー」

と言った。

日賀くんを子ども扱いしている秋田くんを見て私は、手を叩《たた》いて笑った。

主に日賀くんが話して、比呂子がふざけて、秋田くんがひと言添えて、私が笑って、みんなが笑う。いつもこんな具合。帰り道にそのときのことを反省会みたいに、比呂子と振り返る。

この日の帰り道も反省会をした。しかしその後、比呂子が恐ろしいことを言い出した。

「ねぇ。告白しない?」

耳を疑った。

「え?」

比呂子の真剣な顔を見て、自分の耳を疑うのをやめた。

「告白しようよ。一緒に」

再び、耳を疑った。

私が秋田くんに好意を抱いているのは紛れもない事実。ただそれを相手に伝えることは念頭になかった。むしろ、それが知られないように、おしとやかにしてきた。

比呂子だって、他の男子たちと話すときと同じ調子で日賀くんと話していた。「一日に一回は話しかけようね！」の合言葉を、けなげに実践していた私たちは、向こうがこちらに好意を抱いてくれることを、こっそりと期待していた。

それにもかかわらず比呂子は「告白しようよ、一緒に」と、とてつもなく恐ろしいことを伝えてきた。「一緒に」という言葉が恐ろしさを増幅させていた。

道づれだ。

散るときも一緒、が確約されていない道づれは、道づれと言うにはふさわしくない。

当然、一緒に告白をしてそれぞれが結ばれたら、同じ道を進んだという素晴らしき道づれである。

また、それぞれが散れば、ともに清水の舞台から飛び降りた、これまた美しき友情と甘酸っぱい恋愛ではないか。

しかし比呂子よ。もし、どちらか一方だけが結ばれ、どちらか一方だけが散った場合を考えてみないか。恐ろしい状況ではないか。比呂子よ。正気の沙汰か？

「本気で言ってんの？」

「うん。一緒に告白しようよ」

何度聞いても、同じ恐ろしさ。

「どうやって？」

否定せずに方法を聞いている私。

「昼休みに四人で話をして、『それぞれがそれぞれに話があるから』って言って、ふたりっきりになるの。そして告白。……結果は、帰り道に言い合おう」

比呂子は怖い話をしているような話し方をした。

「結果はなんで時間差で？」

やはり否定しない私は、さらに報告の方法を深掘りしている。

「日賀くんと秋田くんに私たちがぺちゃくちゃと話しているのを見られたら、なんか気まずいじゃん」

「結果報告をし合っているみたいになるからか」

妙に納得した私は、いよいよその気なのかもしれない。

「ねぇ明菜。ほんとに告白する？　どうする？」

比呂子の声に重なるように、私は声を出した。

「え!?」

ズルいと思った。

比呂子は、告白をするきっかけを、私のせいにしようとしている。一緒に告白をすると、どんな結末が待っているのかを、比呂子もわかっているのかもしれない。
二組ともが結ばれることが何よりもハッピーで、次いでふたりともがフラれたらそれは
それでハッピーで、最悪の結末はどちらか一方だけが実ること。
きっと比呂子も、この恐ろしさが訪れるかもしれないことをわかっている。だからこそ
告白をする衝動を、私と半々にしたいのだろう。
だからといって、「告白する？　どうする？」という聞き方はあまりにもズルい。
「ねぇ比呂子、正直に言っていい？」
私は自分の慎重すぎる考えを、丁寧に説明した。
すると、比呂子も自分なりの考えを持っていた。
「あたしはね、日賀くんにね、どうしても気持ちを伝えたくなったの。でも、明菜に内緒
で告白をするのは、ルール違反だと思ったの。だから報告しようと思ったの。でも、『告
白する』ってあたしが報告したとしても、きっと明菜は『がんばって！』ってあたしを応
援してくれるじゃん？　でも別のパターンで、明菜が『私も告白する！』ってなることも
考えられるじゃん？　そうなった場合、あたしだけが失敗したら、あたし、明菜を恨んじ
ゃうし、明菜だけが失敗したら、あたし、『あたしのせいだ』って思っちゃうし。色々考
えすぎて、結果、一番いいのは、あたしから『一緒に告白しよう』って誘うことかなっ
て」

「比呂子。ごめん！　私、比呂子をズルいって思ってた。でも比呂子も比呂子なりに私のことを考えてくれてたんだね」

慎重な私の親友の比呂子も、慎重な子だった。

「あたしをズルいって思ってたことを、わざわざ正直に言っちゃう明菜が大好き。なんか今、あたしと明菜の絆《きずな》、深まったよね？」

「うん。深まったね。私も比呂子、大好き」

軽く伝えた「大好き」は、とてつもなく重かった。

こんな軽さで異性に「好き」を伝えられないからこそ、恋愛というのはドキドキするのだろう。

「ねぇ明菜。日賀くんと秋田くんに、告白するんじゃなくて、あたしたちの絆が深まった話をしようよ」

「どういうこと？」

「そういうことじゃん！」

比呂子が大きく笑って続けた。

「あくまでも本題は、あたしたちの絆が深まった話。そしてさりげなく、きっかけだった日賀くんと秋田くんに一緒に告白しようとした話を伝えるの」

私と比呂子は目を合わせてうなずき合った。

［日賀と秋田］

おれの親友の秋田は春本《はるもと》さんが好きで、春本さんの親友の金井《かない》さんはおれの好きな人。みんな同じ二年B組。

秋田はおれに、世紀の大発見をした顔で言ってきた。

「おい、日賀。よく聞けよ。日賀と金井さんの名前には曜日が、おれと春本さんの名前には季節が入ってるんだよ」

それにとっくに気づいていたおれは、「知ってるよ」と冷静にしていると、秋田は「やるじゃねぇか」と悪役みたいな言い方をした。

おれと秋田は学校でずっと一緒にいる。お互い、友達が他にいないというわけではない。秋田以外と話していて、ネットで話題の事柄で盛り上がったとき、おれはそれを知らなかった。だから正直に「知らない」と言ったが、自分が時代遅れな気がして、魅力のない人間に思えてくるのだ。その点、秋田になら自信を持って「知らない」と言えたし、知ったかぶりをしない自分が魅力ある人間に思えた。これが、秋田のパワーなのか、おれと秋田の相性なのか。

秋田も同様に、おれを求めてくれた。

「おい、日賀。お前といると、自分が高校生って感じがする」

学校の帰り道、公園のベンチでジュースを飲みながら秋田が言った。

「なんだよそれ」

照れながら、もう少し深く聞きたくなった。

「他の男子と話していても、思い出に残りそうにないんだよ。日賀と過ごす時間は、大人になっても忘れないんだよ、きっと。だから自分が高校生をしてるって思えるんだ」

「なんだよそれ。よくわかんねぇよ」

こんな返事をしながらもおれは、秋田の言わんとすることがわからないでもなかった。きっとおれと同じ思い。

おれは秋田といるときの自分を、秋田はおれといるときの自分を好きになれたのだ。

おれたちが自分を好きになれるとき、隣にいる友達はいつも同じ奴だったのだ。

そのおかげで、おれたちはなんでも語り合えた。

「秋田は相変わらず春本さんが好きなのか？」

「まぁな。……おい、日賀。お前も相変わらず金井さんを？」

「まぁな」

おれたちは、残ったジュースを一気に飲み干した。

「今日の休み時間の、車の免許の話、まぁまぁ盛り上がったよな」

休み時間に春本さんと金井さんと話せたことをおれが切り出して、しばらくふたりで余韻に浸った。

「おい、日賀。この空き缶をゴミ箱に向かって投げてさ、外したら、好きな人の好きなところを大声で叫ばないか？　入るまでエンドレス」

それに対しておれは、「本気で言ってんの⁉　信じらんねぇ」と嘆きながらも、その気になった。そして「じゃ、おれから」と、先攻で空き缶を投げた。そして外した。すかさずおれは金井さんの好きなところを絶叫した！

「顔が可愛《かわい》い！」

秋田が「結局、顔かよ」と手を叩いて笑った。

公園横を通りすぎるスーパー帰りの主婦が、危ない高校生を見る目でこちらをチラッと見た。

続いて秋田が空き缶を投げ、大きく外した。

「秋田！　わざと外しただろ！」

「顔が可愛いところ！」

「お前もかよ！　それ、言いたいだけじゃねぇか」

おれたちはしばらくベンチの上で笑った。

呼吸が落ち着いたところで、おれは聞いた。

「なぁ秋田、こんなに楽しいのは好きな人がいるからか？」

「いや、多分、〈好きな人が自分のことをどう思っているのか〉を知らないから、楽しいんじゃないか？　ナゾナゾだって考えているときが、一番楽しいだろ。正解を知ってしまったら、もうドキドキしないだろ」

やたらと説得力がある答え。言う通り、ナゾナゾは正解を知ったら、なるほどと思い、これを誰に出題してやろうか、というくらいにしか考えない。

「じゃー、正解は知らないままでいいのか」

おれは腕を組みながら、ため息ついでに声を出した。

「おい、日賀。でも考えてみろよ。ナゾナゾを出しといて、正解を言わない出題者なんているか？」

「いないよな。そんな出題者、嫌だよな！　秋田！　おれはそんな出題者嫌だぞ！」

「おい、日賀。このナゾナゾの出題者はお前だぞ。まずはその答えを教えろ」

お互い、答えはわかっている。どちらがそれを言い出すかだけのこと。

「おれにとったら金井さん。秋田にとったら春本さん。ってことだよな？」

おれが慎重に答えた。

「おい、日賀。金井さんと春本さんのところに一緒に行って、ナゾナゾの答えを聞くか？」

「聞けるわけないだろぉ！」

自分の顔が熱くなった。

「おい、日賀。じゃー、今から賭《か》けをしないか」

秋田が突拍子もないことを口に出した。

「何？」

「空き缶をまだゴミ箱に捨ててないんだよ。外れて、まだ落ちたままなんだよ。ふたつも。落ちてる地点から、また投げてさ、ふたりとも入れることができたらナゾナゾの答えを聞きに行こうぜ」

「ひとりでも外したら？」

「丸刈りにしようぜ」

秋田は風になびく自分の髪の毛を触りながら言った。

「は!?」

おれは整髪料で整えた自分の髪の毛を触った。

「連帯責任でふたりとも丸刈りだ。おい、日賀。意味わかんないかもしれないけどさ、金井さんと春本さんって、毎日おれたちに話しかけてくれるだろ？　じゃ絶対に『なんで丸刈りにしたの？』って聞かれるだろ」

おれは大きくうなずいた。

「おい、日賀。もうわかるだろ？　……そこで、丸刈りにした理由を打ち明けるんだよ。すべてな」

おれたちはそれぞれの空き缶のもとにかけていった。

［二年B組の黒板］

今日は体育がないから、全授業で僕が主役になれる。嬉しい。体育の授業中は必死で窓からグラウンドをのぞこうとするけども、見えない。誰が運動神経がいいのか、なんて知らない。でも、授業が終わって男子たちが話していることを聞いていると、だいたいわかる。日賀くんと秋田くんの仲良しペアはどちらも運動神経がよさそう。あのふたりはずっと一緒にいる。あと女子なら、金井さんと春本さんもずっと一緒にいる。

きっと日賀くんは金井さんを、秋田くんは春本さんを好きになっている。長年の経験で、これくらいのことはわかる。今までいくつもの色恋沙汰を見てきた。放課後なんて、みんな誰にも見られていないと思って、意中の相手を呼び出してる。僕はそれをこっそりと応援する。あまりにも沈黙が続くときは、パキッと音を立てて、沈黙をごまかしてあげる。

今朝、驚いたことがあった。

日賀くんと秋田くんがふたりそろって丸刈りになっていた。ふたりとも顔がよく見えて自信を持っているさまが、やらされている丸刈りではなく自主的な丸刈りに感じられて、とても似合っていた。教室に入ってくる生徒たちがそれを見るたびに「なんで？」と聞いていた。

ふたりは「まぁーな」と、あっさりとしか返事をしなかった。

授業中、金井さんと春本さんは丸刈りになったふたりをチラチラと見ていた。そして休み時間に、僕の真ん前でこっそりと「似合ってるよね」と嬉しそうだった。

昼休み、みんなが弁当を食べる。僕はこの様子を眺めるのも好きだ。おいしそうに食べるというよりも、お腹を満たすために口に入れている様子が若さの象徴で美しい。これは、放課後の教室にさしこんで机たちを照らす夕日よりも美しいのだ。

弁当を食べた生徒たちは散り散りになる。

すると金井さんと春本さんが、日賀くんと秋田くんのもとに近寄って、「ねぇ、なんで丸刈りにしたの？」と聞いた。どうせ「まぁーな」としか言わないと思いきや、日賀くんと秋田くんは丸刈りになった理由を熱弁した。

次第に顔を赤らめる金井さんと春本さん。

しゃべり終えた日賀くんと秋田くんは、「ふぅ」と息を吐きながら頭を触って、同時に「髪がない」と言って、笑った。でも金井さんと春本さんは笑わなかった。赤い顔のまま、「ふたりの絆が深まった」という珍しい切り出しで、話し始めた。

僕は四人の話を聞きながらドキドキした。

たくさんの色恋沙汰を見てきたけど、こんな形の告白は初めて見た。おさまらないドキドキ。このドキドキをどこかに逃がしたくなった。

パキッ。

「この黒板、またきしんだな」

金井さんの彼氏が言った。

「おい、日賀。たしかに、パキッて聞こえた。」

口癖が「おい、日賀」の春本さんの彼氏が言った。

ラブロード

「一番伝えたいことって恥ずかしいじゃないですか。だから英語にしてごまかしました」

司会者が「どうしてサビだけが英語なんですか？」と質問をすると、男性ミュージシャンは即答した。

前のめりになる司会者。

「そういう理由だったんですね。日本人だからこそ『一番伝えたいことは日本語で』、ではなく『恥ずかしいから英語で』、と。これまた日本人の奥ゆかしさですね」

「日本語なら恥ずかしくて言えないけど、英語なら言えちゃうんです」

「素敵です。それでは歌っていただきましょう」

大ヒットしている〈ラブロード〉は、今年一番の話題曲になるだろう。

ステージに移動したミュージシャンがマイクを構えた。

ラブロード

噴き出した炭酸
笑いながら拭いている
「自分にかかったものはこのままでいいね」
なんだか楽しそう

読み終えた短編
触りながら泣いている
「自分とかぶった物語だからついね」
なんだか頼もしい

愛に包まれ
柔らかい布地のような
ふわふわした広い道を
君と君と君と

LOVE ROAD
I want to walk with you
LOVE BROAD
I want to live with you
LOVE ROAD
LOVE BROAD
I want to laugh with you
I love you all the time
LOVE ROAD LOVE ROAD LOVE BROAD

テレビ画面の中のミュージシャンは、サビ部分だけをカメラ目線にした。この歌詞を伝えたい人物が、どこかのテレビの前にいるのだろうか。もしサビも日本語歌詞なら、彼はカメラを見ることはできなかったのだろうか。

伝えたいことが相手に一番伝わる方法は、当然それを声に出すこと。くわえて、目をしっかり見ること。僕だって、これくらいのことはわかっている。でも、これらを同時に行うのは至難の業である。二重の重圧。

一番伝えたいことだからこそ、恥ずかしくて言えない。しかし英語にすれば照れが薄れて、目を見られるようになる。このミュージシャンは、目を見て伝えることを優先したから、英語歌詞にしたのだろう。

〈ラブロード〉が終わり、次のミュージシャンが紹介されたところで僕は「勉強するか」とリビングを出て、自分の部屋に入った。

スマホで英語翻訳機能を検索。「僕は高校一年生です」と日本語入力し、ボタンを押すと一瞬で英語に切りかわった。僕はこの便利さを冷たく感じた。

あのミュージシャンのように本気を伝えるには「やるしかない」と、本棚から英和辞典、和英辞典、文法教材を数冊抜き取った。

ずっと宮崎《みやざき》さんに気持ちを伝えたかった。でも恥ずかしかった。到底、言えない事柄だった。でも英語なら伝えられる。目だって見られる。突然、僕が英語を話し出せば、宮崎さんはきっと微笑《ほほえ》むだろう。

あの日のように。

高校の入学式に向かっている途中だった。

新しい制服を着た僕は、かしこまった服装の母といつも通りのスーツ姿の父にはさまれて歩いていた。

「あの子も入学式だね」

母が前方を歩く親子三人のほうを指さした。母、父、女子生徒の順で並んでいる。声は聞こえないが、主に女子生徒が話して、お父さんが大きな身ぶり手ぶりをして、お母さんが笑っていた。

正門に着くと、少しの列ができていた。目当ては入学式の看板の前での写真撮影。まずは子どもだけのショットを撮り、「じゃ、私も」と親が入る。その際、「あ、お願いします」と次に並んでいる親に、カメラを渡すという暗黙のルールができていた。

「私たちも撮りましょう」

母の提案に、僕と父は当然うなずいた。

同じ制服に身を包んだ全く知らない同い年の生徒たちを見て、心臓が小刻みに動いた。それは、小学生のときに初めて水泳教室に通った日の心臓の動きと似ていた。

一定距離で前を歩いていた女子生徒は僕のひとつ前に立っている。ずっと話していた彼女は列に並ぶと話さなくなった。お父さんもお母さんもスンとして、メリハリのある家族だなと無駄なことを思った。

数分で、女子生徒の順番がきた。

まずは彼女だけのショット。そしてお父さんが「じゃおれたちも」とカメラを僕の父に「あ、お願いします」と笑いながら渡した。

僕の父は「念のため」と言いながら、何度もシャッターを切っていた。

カメラを返したら、次は僕の番。と、思いきや、女子生徒は意外な言葉を発した。

「じゃ、次はお父さんとお母さんのツーショットね」

彼女は「すみません」と言いながら、僕の父からカメラを受け取り、戸惑う彼女の両親を「はい、笑ってー」とほぐして、写真を一枚撮った。そして「ありがとうございました」と僕らに向かって、微笑んだ。

その流れにつられて、僕も自分だけのショット、スリーショット、そして父母のツーショットを撮った。正門を抜け、振り返り確認すると次の家族もその流れに従っていた。

そんな彼女と僕は同じクラスだった。宮崎さんだ。

彼女とはそれなりに仲良くなれた。一緒に下校できるほどではない。電話をし合える仲でもない。休み時間、偶然、それぞれの仲良しグループが隣同士になったら話す程度。

廊下ですれ違って微笑むと、微笑み返してくれるし、宮崎さんから微笑んでくれることもあるのだ。そのときはすかさず満面の笑みを返す。すると「笑いすぎ」と言ってくれる。言葉をかわせるのは宮崎さんから微笑んでくれるときだけなので、僕は彼女の微笑みを待つ。しかし彼女が僕の存在になかなか気づかないときは、寸前まで我慢して、手を上げ、微笑む。そして彼女の微笑みを浴びるのだ。

そんな宮崎さんへの思いを、英和辞典、和英辞典、文法教材をにらみながら、ノートに下書きした。英語で。そして声に出して、何度も発音を確認し、記憶した。

翌日、ひとりで廊下を歩く宮崎さんを見つけて声をかけた。

「今日の放課後、時間ある?」

「なんで? どうしたの?」

「いや、ちょっと話したいことがあって。図書室に来てくれない? 一番奥の机で待っていい?」

「わかった」

彼女を呼び出すという大胆な行動は、意外と簡単にできるのに、気持ちを伝えることができないのが不思議だった。この勢いで今、気持ちを伝えればいいのにそれができない僕は、ノックはできるけどドアを開けられない変な男だ。

放課後、図書室の一番奥にある、向かい合って座れるふたり席を確保するために走った。勉強に励む生徒たちが次から次へと入ってくる。この机を目当てに、付き合っているであろう男女も来た。申し訳ないと思いつつも、今この机は僕のものだ。

図書室が宮崎さんに気持ちを伝えるには場違いであるということはわかっていた。ただ、自動的に小声になる図書室なら、失敗したときのダメージが少なそうなことが最大の魅力だった。

「ごめん、お待たせ」

前髪を触りながら宮崎さんが来た。

「ごめんね、ここ座って」
僕らは向かい合った。
「今から話すこと聞いてて。そして返事をください」
宮崎さんがゆっくりとまばたきをしながら小さく首を縦に振った。

「Thanks for coming.
When I first laid eyes on you,
I thought that you were the sweetest person.」

突然のつたない英語に戸惑った宮崎さん。僕は彼女の目をしっかりと見て、続けた。文法が正しいかは知らない。発音はどうでもいい。

「You were taking a photo of your parents in front of our high school entrance ceremony signboard.
Your sweetness transmitted and the people behind you copied your kindness.
I want to walk this life wrapped with your broadcloth like kindness.」

暗記した英文をすべて吐き出した僕は、最後に言った。

「一番伝えたいことは日本語で言います。でも、目はそらすね。好きです。付き合ってください」

彼女は言った。

「クサい人だね」

男子諸君に捧ぐ、応援文

一般的に、学生時代のどこかで初めて恋人ができるらしい。

僕は中学生ですでに自分がその一般的ではない人間だと自覚していた。

しかし彼女ができた。しかも高校一年生で。驚かすつもりはないが、なんと春に。そう。入学してすぐである。

同じ学校のとある女子生徒が、僕の彼女になったその瞬間を、詳しく説明するつもりはない。

ただ、僕と彼女が恋人同士になった三十秒前までを、ここに記すことにする。

放課後、図書室に行き、数日前に返した本を再び借りた。あまりにも僕の心をくすぐった物語で再び読みたくなったのだ。

本を小脇にかかえて、教室にカバンを取りに人気《ひとけ》の少ない廊下を歩いていた。漠然と、前から女子生徒が歩いて来ているという認識はあった。しかし顔に焦点を合わせることはしなかった。

女子生徒は振っていた手の動きを変えた。

自然と僕は彼女の手に意識を持った。

彼女は軽く丸めた左手に右手を覆《おお》い被《かぶ》せ、右手を強く押し込んだのだ。

直後、からっぽのペットボトルを踏みつぶしたような音が廊下に響きわたった。

僕はとっさに立ち止まり、足元を確認した。何も踏んでいない。何もない。見えたのは、女子生徒のスカートの中を反射させないために汚れているような廊下だけだった。

実のところ、鼓膜が震えたときから僕は音の正体を知っていた。

手。

彼女は指の関節を盛大に鳴らしたのだった。

瞬時に、〈指の骨の音を廊下に響かせる女子〉の顔に、興味津々になった。

まさに今からすれ違う斜め前にいる彼女の顔に目を向ける。

初めて見る顔から気持ちを読みとるのは正確ではないかもしれないが、彼女は異様な音を響かせたことへの羞恥心を微塵《みじん》も感じさせない表情をしていた。そう思わせたのは、目と正当な距離感で眉があったからかもしれない。

「すご」

勝手に出た僕の小さな声に反応し、立ち止まった彼女。

それぞれ、体は進行方向で、首だけを横に向けている。

僕は自分が発した言葉の意味合いを理解しきれていなかった。

指の関節の音を廊下に響かせたことへの賛辞なのか、女子が盛大に関節を鳴らしたにもかかわらず平然とした顔をしているからなのか。

明確にはわからないものの、後者が正しい気がしていた。

「何が？」

彼女は変わらない顔つきで返事をしてくれた。

「いや、骨、すごかった。音」

「あー、右手も鳴るよ。長らく鳴らしてないし。聞く？」

おすすめの音楽を聴かせるような言い方に、笑いながらうなずくと、僕の眼鏡が少しだけずれた。

彼女は丸めた右手に左手を覆い被せて強く押し込んだ。

しかしポキッと乾いた音が一回聞こえてくるだけだった。

「あー、全然ダメ。くやしい。超くやしい。ねぇ、もう少し時間ちょうだい。もう少しためたら、すごいの鳴るから」

僕は返事に困った。

「ねぇ、今から暇？　そもそも誰？　何組？　すごい音、聞かせてあげるから一緒に帰ろうよ。帰宅部？　本好きなの？」

そこで僕らは簡単に自己紹介し合った。

同じ帰宅部。別クラスで、階も違う。どうりで見たことがない生徒。

並んで校舎を出て、校門をくぐると彼女が言った。

「さっき持ってた本、図書室で借りたの？　私も図書室で借りて読んだことあるよ。大好きなんだ。だから買ったもん」

「ほんとに？　実は僕も二回目。おもしろすぎて、また借りた」

「男なのに恋愛小説、読むんだね」

気のきいた返事がわからず、「うん、まぁ」と口ごもった。

「あの男女、出会った初日に付き合うよね。すごいよね。なんか憧れる。ところで、友達はいないの？」

「いない。友達は？」

「いる。ひとりだけ」

小さな寂しさが胸を横切った。

「誰？」

名前を聞いても知らないだろうとわかりつつたずねてしまった。

「きみだよ」

彼女は僕の顔を指さしながら、大いに笑った。

真っ赤になっているであろう僕の顔色をごまかすため、夕日のあたる場所を探したが、あいにくの曇り空だった。

彼女に従い、通学路にある公園のベンチに並んで座った。端に座りすぎた僕は、彼女の手招きで真ん中寄りに座り直させられた。

「じゃいくよ」

突然の掛け声に戸惑ったが、丸めた右手に左手を覆い被せる彼女を見て理解し、うなずくと、眼鏡がまた少しずれた。

「いや、まだ早い気がする。もうちょっとためていい？」

「何をためてるの？」

「わからない。空気？　きみもやってみなよ」

「あんまりやったことないんだ」

「じゃやらせてよ。私、他人の親指の付け根の骨を鳴らせるんだ。手、貸してみてよ」

そう言って彼女は左手で僕の右手をつかんだ。

僕の手が、異性の手と初めて触れた。

これまで読んできた本には様々なジャンルがある。中でも恋愛が混ざった物語では、異性と手をつないだ瞬間の登場人物の心情を、作家たちが大げさに表現していた。読むたびに、「うそつけ」と思っていた。しかし実際に触れられてわかった。

うそではない。むしろ真実。

僕なら自分の感情を、このように説明する。

手が触れた瞬間、他人とは体温が違うという生物学的事実を思い出した。細い指を全身全霊で守りたくなった。あまりの柔らかさに対して、曲がり角から突然人が出てくるように驚いた。夜、リビングで強烈な眠気に襲われて風呂にも入らずそのまま眠るような心地よさがあった。それらすべての発見を一瞬で味わっている高揚感は愉快で愉快で仕方がなかった。つまり愉快だった。

僕は彼女に右手をつかまれたと同時にこう言った。

「楽しい」

とっさに出た言葉が恥ずかしくなり、右手で口元を隠す。よって僕は彼女の手から逃げるように右手をほどいてしまった。

「あ、ごめん」

彼女が謝った。

「違う、違う」

僕は具体的な言い訳をせず、ただただ否定した。

「骨、鳴らしていいの？」

彼女の変な質問に何度も首を縦に振って、自ら右手を差し出した。

再び、彼女が僕の右手に触れた。わかったことは、異性に手を触れられるその瞬間が最も気持ちが熱くなる。触れられている間は、それ以上熱くなることはないが、この熱さに長時間、耐えられるかという状況におちいる。

彼女は親指を、僕の親指の付け根にあてて、狙いを定めるように深く押し込んだ。

乾いた音が一度鳴った。

「おぉ」

「いいね。左手も貸して」

続いて、左手をつかむ彼女。左手も同様に、触れられた瞬間、尋常ではないざわめきが起きる。

手をつかんでは離し、またつかんで……これを永遠に繰り返してほしいほどに。

再び、乾いた音が一回だけ鳴る。

「鳴らしやすい。いい手してるね。うーん、そろそろたまったかも。私の手、すごく鳴るかも」

「おぉ」

「ちょっと目つむって、集中して聞いててね」

僕はゆっくりと目を閉じた。

「集中してね。すごい音、鳴らすよ。驚かないでね。集中。集中。集中……」

この三十秒後、僕らは恋人関係になっていた。

信じられないかもしれないが、真実だ。たった三十秒で事態は急変する。

ダメな方向にも、いい方向にも。

どうか一秒、一秒を大切にしてほしい。そうすれば三十秒経過しただけで、三十回も時間を大切にしたことになる。素晴らしいだろ?

勘違いしないでほしいことがある。

決して僕は恋人がいるからといって、男子諸君に対して上から物を言っているわけではない。

なんせ、僕はこの秋、彼女にフラれたからだ。

薄々気づいているだろう。この応援文は、僕自身に捧《ささ》げているのだ。

文字で、言葉で、自分を鼓舞しているのだ。

彼女と出会った日を、文字にすることで気づかされる、奇跡。

あの日、彼女が僕の恋人になってくれたことは、どの物語よりもユニークで変な話だ。

改めて言う。奇跡だ。

恋人同士になったあの瞬間を文字にするほど、僕はタフではない。

電話越しに「別れたい」と言われたとき、ギュッとスマホを握った。その強さで、彼女の手を握っていれば、そばにい続けてくれたのかもしれない。

別れたという事実があまりにも悲しい。だから、どうか三十秒前までしか記さなかったことを許してほしい。

冬が終わるころ、僕はきっと桜とともに花開く。不思議と、自分の文字、言葉に背中を押されている。

さぁ失恋した男子諸君！　ともに冬を越えよう！

オレは大鳥くんを傷つけたのかもしれない

大きな鳥が八月の青い空を気持ちよさそうに飛んでいた。

新宿のオフィス街のど真ん中にある公園の木陰は、昼休みの会社員にとっては憩いの場。

公園横の通りを、どこぞの歌手の宣伝トラックが、大音量で歌を放出しながら通り過ぎた。それを公園にいる人たちが、チラッとだけ見て、各々の世界に戻る。

コンビニで買ったソーセージの総菜パンをひと口かじる。ソーセージにたどり着かず、パンだけをモグモグと食べている三十五歳の自分を少し惨めに感じた。

変わらないオレの味覚。

昔からパンが大好きだ。

中学生のとき、母の弁当を断って、昼食にパンを買っていたほど。

あのころは自分が大人になるだなんて思いもしなかった。

当時、大人たちはよく、「今がんばらないと大人になったときに困るぞ」と言っていた。

皮肉にも、この言葉を理解するのは、大人になってからだ。

今のオレは思う。

中学生にそんなことを伝える必要はないと。

そんなことを伝えてしまうから、「あのときがんばっておけばよかった」と、現状を過去のせいにできてしまうのだ。

後先のことは考えずこの一秒を楽しめ！　と中学生のオレに伝えたい。その心得があれば、オレは人生をずっと楽しめていたのかもしれない。

人生というものは、一秒の積み重ねだから。

大きな鳥は、いつの間にか低空飛行になり、公園の真ん中にある大きな木にとまり、鳴き声を上げた。

一定のテンポで、四回鳴いて、また四回鳴いた。

そして再び四回鳴いて、また四回鳴いた。

どこか懐かしさを感じたのは、学校のチャイムと同じ拍子だったからかもしれない。

直後、中学校の校舎の香りが顔の周りに漂った。そんな気がした。

そして、全身に鳥肌が立った。

頭の中によみがえったのは、大鳥《おおとり》くんのこと。

オレは大鳥くんを傷つけたのかもしれない。


中学一年のとき、同じクラスだった大鳥くん。

暗かった大鳥くん。

そんな大鳥くんの声を初めて聞いた日のこと。


朝、一時間目が始まる五分前の予鈴が鳴ると、日直が教壇に立つ。

昼休みになると地元のパン屋さんが軽トラックでパンを売りに来るので、その予約の希望を取るためだ。

「パンの予約です！　一個の人は手を挙げてください！　……続いて二個セットの人！」

クラスのみんながワイワイとした状況で、日直は声をかけるのだ。

その日の朝、予鈴が鳴ると、大鳥くんが教壇に上がった。初めての日直だ。

クラスのみんなはいつも通りワイワイとしていたが、オレは大鳥くんに注目した。

大鳥くんの声を聞いたことがなかったから。

「パンの予約です！　一個の人、手を挙げてください！」

初めて聞く大鳥くんの声。

少しだけ高くて、声帯をひねったような声は、やすやすと教室中に響いた。

しかしクラスのみんなは、大鳥くんに興味を示していなかった。絶対に聞こえていたはずなのに。

オレは、いてもたってもいられなくなり、「みんな聞けよ！」と言いたくなった。

でもそんな真っ直ぐな正義感は、恥ずかしかった。

そのせいでオレは、間違いを犯してしまった。

「パンの予約です！　一個の人、手を挙げてください！」

わざわざ教壇に立ち、大鳥くんの横で、大鳥くんの声を真似たのだ。

曲がった正義感。

すると、みんながこちらを向いて、笑った。

きっと、オレが地声ではない声を出したから、笑ったのだ。

無駄なプライドがあったオレは、声を変えただけで笑いを起こしたと思われたくなかった。よって、必要のないことを言ってしまった。

「大鳥くんの真似でしたー」

多分ほとんどの人が、大鳥くんの声を聞いたことがなかったから、反応はなかった。

そこで大鳥くんが気をきかせたのではなく、日直の任務のために、再び声を出した。

「パンの予約、一個の人、手を挙げてください！」

小刻みに震えていて上声《うわごえ》でありながらも、ひび割れが一切ない声。

そこでオレはまた、同じ文言で、大鳥くんを真似た。

すると、みんなが笑った。どうやら似ていたようだ。

ここまでの記憶は鮮明で、そのあとのことは覚えていない。

ただ、今、新宿の公園でソーセージパンをかじりながら、全身の鳥肌がおさまることがなかった。

なぜならば、次の日から、大鳥くんが学校に来なくなっていたような気がしたから。

オレはあの日、大鳥くんを傷つけたのかもしれない。

人間というものは都合がいい。こんな重大な記憶を隠していたのだ。

楽しみにとっておいたもうひとつのパン、新作のあんこのデニッシュパンは、食べなかった。

昼休みが終わり、会社に戻っても、オレは大鳥くんの人生を無茶苦茶にしたのかもしれない、と苦しかった。

仕事は手につかず、終業時間になると、オレは実家に直行した。

会社がある新宿から山手線で恵比寿に行き、日比谷線に乗り換え、広尾駅。

駅前にある店は多数変わっても、空気は変わらない。

よく遊んだ有栖川宮《ありすがわのみや》記念公園の横を通り過ぎながらも、昔を懐かしむ余裕はなかった。

実家に着くと、相変わらず仲がいい両親は驚き、「ついに結婚報告か」と茶化してきた。

オレは「ごめん、まだだわ。ちょっと必要なものがあって」と、物置部屋へ行った。

目当ては卒業アルバム。

中学一年生のあの日以降の、大鳥くんの記憶がない。

卒業アルバムに大鳥くんがいることを祈りながら、恐る恐るページを開いた。

一クラスずつ個人写真を確認する。

全五クラスを順に見ていく。

いない。大鳥くんがいない。

やはり大鳥くんは学校に来なくなったのか。

それが真実なら間違いなくオレのせいだ。

今後オレがいくら街のゴミ拾いをしようとも、オレは正しく生きることができない。

念のため、最後に自分のクラスのページを開いた。

そこには、中学三年のオレがいた。無性に腹が立つ顔をしている。

同じ高校に進学した、今でも連絡を取り合う昌太郎《しょうたろう》もいる。

当時、好きだった女子もいる。

誰かを好きになる感覚はもう忘れた。いや、街中にはびこる恋愛事情の数を見ると、誰かに奪われただけなのかもしれない。

「え？」

大鳥くんがいた。

同じクラスに大鳥くんがいた。

一切の記憶がない。

大鳥くんはひっそりと中学三年間を過ごしていたのだろうか。

「よかったー」

勝手に出た声。

とはいえ、学校に通い続けたということが正しいわけではない。決して、大鳥くんが救われている証ではない。

スマホを取り出し、昌太郎に電話をかけた。

「もしもし。どうした？」

「ごめんな、急に」

「もしかして結婚の知らせか？」

「さっき親にも言われたよ。いや、違うんだ。昌太郎さ、中学三年のとき同じクラスだった大鳥って覚えてる？　大鳥くんが今、どうしているか知らないかなって思って」

「……え、知らないの？」

昌太郎の声色が変わった。

八月にはふさわしくない寒気が、オレを襲った。

「……知らないよ」

「大鳥、今、歌手だぞ。知らないの？　〈バード〉だよ。バカ売れだぞ。最近、新曲出して、よくテレビも出てるし、宣伝トラックも走ってるし。昨日も今日も見かけたぞ、オレ。中学のとき目立たないタイプだったのにな。ほとんど覚えてないもん」

すぐに電話を終わらせて、スマホで検索した。

デビューは十二年前。

七年ほど前から、実績を出している。

何気なく聴いたことがある曲もあった。

画像検索をすると、顔の奥底に大鳥くんがいた。

再び卒業アルバムを手に取り、最後のページを開く。

それぞれのクラスの寄せ書きがある。

氏名とひと言メッセージ。

大鳥くんを探す。……あった。

〈歌手になる〉と書かれていた。

氏名よりも強い筆圧で記された夢。

目立たぬように学校生活を送りながら、大きな夢を持っていた大鳥くん。

自分のメッセージも探した。

期待はしていない。

無難なことしか書いていないに違いない。……あった。

〈大人はあまりパンを食べません。僕は大人になってもパンを食べていたいです〉と書かれていた。

瞬間的に笑った。

笑いが止まらなかった。

自分にあきれ果てているわけではない。

嬉《うれ》しくて笑っているのだ。

オレは自分らしく生きられているんだ。

埃《ほこり》っぽい物置の小窓を開け、カバンから昼休みに食べなかったあんこのデニッシュパンを出し、ひと口かじった。

「うまい！　最高！」

ぴょんちゃんと私

幼なじみのぴょんちゃんが女優になりました。

小学校からずっと一緒。大の仲良し。

交換日記もしている。何を書いてもいい。たまにデタラメなとんでもない作り話を書いたりすると、ぴょんちゃんが「超笑った」とか「いい話だった」とか書いてくれるから嬉しい。

交換日記の表紙をめくると、小学校の浅草遠足のときに撮ってもらったふたりの写真が貼ってある。ノートが新しく替わっても写真だけは移しかえてきた。

高一の秋、写真を新しく撮り直そうという話になり、ぴょんちゃんは「浅草で撮ろう」、私は「原宿で撮ろう」と提案。話し合いの結果、原宿に決定。

そこで、ぴょんちゃんは、スカウトってヤツをされたのです。

「どうしよう」

その日、ぴょんちゃんはずっとそう言っていた。

「すごいね」

私はずっとこう言っていた。

結局、この日、写真は撮らなかった。

数週間後。学校が終わっていつも通り一緒に帰ろうとすると、ぴょんちゃんは寂しそうな顔をして打ち明けてきた。

「私、芸能事務所に入ることになった。今日から毎日、放課後、演技レッスンがあるんだ」

「え!?　すごーいじゃん！」

私は大げさな反応しかできなかった。

高校生になって初めてひとりで下校。

ふたりでたまに行くカフェの前を、ひとりで通り過ぎる。ここでは甘くて冷たくて氷がシャリシャリしているシェイクみたいな飲み物をよくテイクアウトした。長いカタカナの名称だったから、私たちは〈美味《おい》しいヤツ〉と名付けていた。

「ふたりでひとつね。高いから」

ぴょんちゃんの決まり文句。〈美味しいヤツ〉は八百円もするからお金を半分ずつ出し合って、一本のストローで交互に口をつけて飲んでいたことを思い出す。

夜、交換日記に応援メッセージを書いた。

〈ぴょんちゃんだけが大人になっちゃう気がして、一瞬不安になったけど、応援してるからね。私も将来やりたいことを早く見つけて、未来の自分が今の自分に感謝する生き方をしたいな。ぴょんちゃん！　ぴょんぴょん拍子にがんばれ！　※トントン拍子とかけてます（笑）〉

面と向かっては上手に伝えられなかったけど、文字にすると器用に気持ちを表現できた。

ぴょんちゃんの芸能事務所入りは、どこからともなく噂《うわさ》が広がり、学校で話題になった。男子人気があったぴょんちゃん。「やっぱりな」という雰囲気。それでもぴょんちゃんは変わらず私と仲良くしてくれた。


高二の秋、ぴょんちゃんが映画に出た。題名は〈蟷螂の秋〉。

「なんて読むの？」

「カマキリのあき」

ぴょんちゃんに誘われた試写会に行くと、最後列に案内された。

上映前の舞台あいさつで、しっかりとお化粧してドレスを着たぴょんちゃんがスピーチする。

「平瀬陽世華《ひらせひよか》です。私には幼なじみがいます。彼女の存在が私を元気にしてくれます。関係者の皆様と幼なじみに感謝したいです」

映画が始まってしばらくすると、ぴょんちゃんが私の隣に座ってきた。暗がりでもキラキラしているぴょんちゃんに圧倒された。

映画は思っていた何倍も本格的。有名な女優さんが主演で、その娘役がぴょんちゃん。結婚、離婚を繰り返し八度目の結婚をする主人公の母に連れ回される高校生の娘、ぴょんちゃん。新しい父親は六度目の結婚。夕食時、静かな食卓で昆虫特集が放送されていて、「カマキリはメスがおよそ八回、オスがおよそ六回、脱皮をします」という専門家の声にぴょんちゃんが「ふたりと一緒だね」と悪気なく発した途端、父親にビンタをされるシーンで、私は小さな悲鳴を上げてしまった。

とっさに隣にいるぴょんちゃんの顔を見たら、スクリーンにまっすぐ目を向けたままだった。

たったそれだけのことで、ぴょんちゃんがスカウトされたあの日、原宿じゃなくて、浅草に行けばよかったと思った。

いつの日からか、ぴょんちゃんと会うのが怖くなった。まぶしすぎる平瀬陽世華を見て、きっと目を細めてしまう。にらんでると思われないかな?

CMに不意に出てくるぴょんちゃん。いつ撮ったの？　なんで教えてくれないの？

一日に何度も平瀬陽世華を見た。会う回数は減ったのに、見る回数は増える。

薄々わかっていたけど、気づかないフリをしていたこと……ぴょんちゃんから交換日記が返ってこなくなった。

私、ぴょんちゃんが嫌がること書いてしまったのかな。だったら教えて。謝るから。

学校終わりに黒いワゴン車に乗りこむぴょんちゃん。男子たちにぴょんちゃんの行き先を質問される。でも私は、仕事の話をほとんど聞いてないから何も答えられない。

「ケチ！　教えろよ。ケチ女！」

私の机の左上に〈ケチ〉、右上に〈女〉、左下に〈ケチ〉、右下に〈女〉と彫ったのはきっとコイツら。

久しぶりに〈美味しいヤツ〉を飲みたくなった。

ひとりの帰り道、カフェに行って無理して八百円を払った。公園のベンチで、〈美味しいヤツ〉を飲み干した。

やっぱり美味しかった。

甘かった。

冷たかった。

ふたりで飲みたかった。

ひとりだと多かった。

夜、お腹を壊した。

〈美味しいヤツ〉のせいかな？　冷えたのかな？

便器の上でうずくまる。

ぴょんちゃんは今ごろ仕事中？　なんの仕事？　教えてよ。また男子に「ケチ女！」って言われる。

何かがこみ上げてきた。吐き気？　違った。あくびみたいな声が出た。

「どうしたの？」

お母さんの声がドア越しに聞こえてきた。

ならば、この嗚咽《おえつ》は間違いなく聞かれている。

「大丈夫？」

「お、な、か、い、た、い」


次の日から、私は学校に行かなくなった。

アイツらに「ケチ女！」と言われることを、ぴょんちゃんのせいにしようとする自分が怖かったから。

何も知らないぴょんちゃんを、憎たらしいと思う自分が嫌だったから。

きっと彼女は今日もキラキラしている。それに比べて私はドロドロしている。

ある朝、インターホンの音で起きた。

「あら、久しぶりね。がんばってるねぇ」

お母さんの声。

階段を上がる足音。ドアが開いた。

ぴょんちゃんだ。お化粧をしていない幼い顔に安心した。

「浅草、行こう」

「え？　学校は？」

「今日、日曜日だよ。私、何も知らなかった。ごめん。机見た。アイツらが彫ったって聞いた。私、アイツら全員にビンタしてやったよ」

男子にビンタをするぴょんちゃんを想像したら泣きそうになったけど、ぴょんちゃんが笑ったから私も笑った。

久しぶりの外は寒かった。広尾駅から電車に乗って浅草へ。日曜日の浅草は人であふれている。すれ違いざま、ぴょんちゃんの顔をのぞきこむ人がたくさんいた。制服姿の男子高校生の集団が「陽世華ー！　愛してるー！」と叫んで、ふざけていた。

ぴょんちゃんは、それらの反応をすべて無視して、人力車のお兄さんにスマホを渡す。そして雷門の前にふたりで立って、写真を撮ってもらった。

「もう帰ろう」

私はぴょんちゃんに言った。

広尾の地下鉄出口を出る。地元のせいか、ぴょんちゃんに声をかける人はいない。

「〈美味しいヤツ〉飲まない？」

「いいよっ。ふたりでひとつね。高いから」

公園のベンチで並んで座って、一本のストローで交互に飲んだ。

久しぶりの〈美味しいヤツ〉を味わっていると、ぴょんちゃんがカバンから見慣れたノートを取り出した。交換日記。〈大事なヤツ〉だ。

表紙をめくると、小学生のころの写真。

「さっき浅草で撮った写真、ここに貼ろう」

「ん」

「あのね、交換日記返してなくてごめんね」

私はストローに口をつけたまま首を横に振った。

「あのね、実はね、返すのが怖くなったの。だって、にゃんちゃんいつもすごいんだもん。学校であったこと、家であったこと、夢の話、作り話、全部すごいんだもん。文字なのに映像を見てるみたいな感覚になるの。それに対して私はいつも、普通の返事しかできないの。それが嫌だった。ねぇ、にゃんちゃん！」

「ん？」

「お話を書く人になったら?!　本とかドラマとか映画とか。にゃんちゃんなら絶対になれるよ。すごい脚本家さんに！」

私はストローに口をつけて〈美味しいヤツ〉を吸い上げながら、うなずいた。

「あ！　ズルい！　二回連続吸ったでしょ！」

幼なじみのぴょんちゃんが本気で怒りました。

太陽はいずれ夕日となる

おじいちゃんの葬儀が終わり、夕方に帰宅した。

意味もなくテレビをつけ、一通りのチャンネルを確認する。偶然、すべてがCM。そんなことに少しの感動を覚えてテレビを消した。

「ミヨちゃん、お散歩行こっか」

久しぶりに着た高校のセーラー服を脱ごうと部屋に向かったところで、おばあちゃんが誘ってきた。まだ喪服姿。気のせいかいつもより肌がつるっとしたおばあちゃん。おじいちゃんと同い年には見えない。人としての張りがあった。

「いいよ」

私はセーラー服。おばあちゃんは小さな黒いカバンを持って喪服、というようにも葬式帰りのまま外に出た。

スカートの中に入り込む空気が懐かしかった。

空は赤らんで、辺りは薄暗い。

ときおり、建物の隙間から見えるあの赤らんだ夕日は、今、地球のどこかで、日中の太陽としてギラギラしている。

不思議。意味不明。

「おばあちゃん。夕日って、お昼の太陽とは別ものみたいだよね」

「うん。人って、お昼の太陽を見て『キレイ』って言わないけど、夕日を見て『キレイ』って言うんだよね。同じ太陽なのに」

「あ、ほんとだ。私、お昼の太陽見て『うざーぁっ』って思うけど、夕日はいつも『キレイ』って思ってる。なんでだろ」

「何事も時間がたつと『キレイ』に変わるんだよ。太陽はいずれ夕日になるの」

「ふーん」

のどを鳴らすように声を出し、何度もうなずいた。

子どものころ毎日のように遊んだ有栖《ありす》川宮《がわのみや》記念公園。その西側の緩い坂を下りきったところにある小さな交差点で信号待ちをしていると、おばあちゃんが聞いてきた。

「ねぇミヨちゃん。なんで学校に行かないの？」

おばあちゃんからは初めて聞かれた。

お父さんとお母さんには何度も聞かれていること。この前ついに「つまらないから」と打ち明けると「学校なんてそんなものよ」と叱られた。スマホも取り上げられた。

今までたくさんの本を読んできた。心を躍らすお話は青春もの。決まって高校が舞台。憧れの高校生。

青くて、汗臭くて、悩んでもがきたかった。

でも現実は、無色で、エアコンで温度調節された教室で、のんきなクラスメイトばかりだった。

入学して一か月で感じた違和感。そこから一度も登校していない。明日からも引き続き、絶対に学校には行かない。

「平坦《へいたん》だから」

信号が青に変わり横断歩道をわたると、おばあちゃんが左に曲がった。あとに続く私。

「じゃこんな急斜面な毎日がよかったのかい？」

そう言って、おばあちゃんは目の前に続く坂道を指さした。

有栖川宮記念公園の南側にある〈南部坂《なんぶざか》〉。印象は、長くてキツい坂。

子どものころ、わざわざ遠回りして、この坂道を回避していたほど。

「…うん。これくらいキツい毎日を過ごすことが高校生活だと思ってた。でも実際は平坦だった」

「……アタシが、おじいちゃんと出会ったころの話、聞くかい？」

「えー、何それ！　聞きたい。聞きたい！」

その場で一回だけ跳びはねた。

「この〈南部坂〉をのぼりきるころには話し終わるよ」

私たちは一歩、また一歩と踏み出した。


「気が向いたら、明日の十二時に〈南部坂〉に来てください」

セミの鳴き声にかき消されない強い声。

高等学校の帰り道、女は見知らぬ男の誘いを、柳に風で気にする必要はないと考えた。

しかしその日、男のことを思うと夜も眠れなかった。

汗をたくさんかいていた見知らぬ男。

あれほど馬鹿正直な雰囲気を身にまとった男なら、〈南部坂〉で丸一日、待ちかねない。

それなら断りを入れるべきだと道徳的判断をし、〈南部坂〉へ出向いた。

しかし、厄介なことに〈南部坂〉という坂は、ふたつあったのだ。

有栖川宮記念公園の横と、赤坂に。距離にすると、三キロ程度。男が女に声をかけたのはその中間辺りだった。

その事実をふたりは知らなかった。

女は生まれ育ったこの有栖川宮記念公園の横の〈南部坂〉に、男は赤坂の〈南部坂〉にいた。

約束の時間になっても相手が来ない。

どちらの〈南部坂〉も下からは、頂上が見えない。両者、「坂の上か」と、のぼりきるも相手はいない。しばらくして「やはり坂の下か」と戻るも、いない。

ふたりはこれを何度も繰り返した。

にじみでる汗。たれる汗。また出る汗。

気づけば夕方。

男は「駄目だったか」と落胆。

女は「私の一日を返せ」と憤慨。

その夜、女は夢を見た。

道路を闊歩《かっぽ》する汗だくの男。

すぐに駆け寄り「私の一日を返せ！」と怒号。

すると「あなたの一日、人生をかけてお返しします。なので、僕の人生に寄り添ってください」と返答。

目が覚めると女の頭は男で埋め尽くされていた。夢の中の男の言葉は、自身が生み出した言葉ということにすら気づかないほど、女は深く恋に落ちていた。

幾日も幾日も、男を探した。

学校が終われば、有栖川宮記念公園の横の〈南部坂〉に出向く。

しかし会えなかった。

女は男を「見つけられなかった」と考えるのではなく、「会えなかった」と感じた。よって、男を見つけることができたら話しかける度胸が自分には備わっていることを知った。

それが心を沸き立たせ、毎日汗を流しながら〈南部坂〉を見回し、のぼり、下った。

女の視線は男を探すため、常に人物にあてられていた。〈南部坂〉から見える木々が赤く染まり始めていたことにすら気がつかなかった。

ある日、〈南部坂〉の頂上で女は大きくため息をついた。口から出る息が白く染まっているのを見て、我に返った女。防寒もせず、変わりゆく季節を傍観。

次の日から女は〈南部坂〉で男を探すことをやめ、コートを着込んで〈南部坂〉から見える景色をキャンバスに絵の具で描き始めたのだった。

冬の〈南部坂〉を何枚も。春になれば色鮮やかな坂道を、夏は汗をぬぐいながら歩く人物を主人公に、秋は赤く染まった木々が夕日に照らされてより赤くなる様子を。

「作品展に出しませんか？」

〈南部坂〉のてっぺんで絵に没頭していた女に中折れ帽を被《かぶ》った男が声をかけた。

なんでも、学生を集めて作品展を開催しているとのこと。

「〈南部坂〉の絵をたくさん飾った一角を作りたい。君みたいに、坂から見える景色を描き続けてる男子学生がいるんだ。その人も〈南部坂〉を描いているんだ」

「私、そんな人、見たことないです」

「そりゃそうだよ。ここの〈南部坂〉ではなく、赤坂の〈南部坂〉だから」

「え？」

「すぐ近くにもうひとつ〈南部坂〉があるんだよ」

突然、涙を流す女に唖然《あぜん》とする中折れ帽の男。

女の目からこぼれた一粒の涙は〈南部坂〉を転がりそうなほど大きかった。


話しながら、坂道を上がるおばあちゃん。呼吸は乱れていない。

若いころの話を、少しの笑顔で淡々と話すおばあちゃんの顔。それは、おととい死んだばかりの人を思い描いているようには到底見えなかった。

「晴れやかかな」、そんな単純な言葉では表現しきれない顔だった。

適当に選んだ和菓子がおいしかったような顔。

可愛《かわい》さだけが売りの利便性のない文房具を見つけた女子高生のような顔。

親戚の集まりで、大きくなったねぇではなく、可愛くなったねぇと言われて喜ぶ女子小学生のような顔。

私にはそんな顔に見えた。

まっすぐ前を見ていたおばあちゃんがこちらを向いた。

「アタシはね、こんな恋をしてみたかったのよ」

「……え⁉」

声を張り上げ、おばあちゃんと目を合わせた。

「これはアタシが大好きな〈南部坂の四季〉という物語」

「え⁉　おじいちゃんとおばあちゃんの話じゃないの？」

「十七歳のころ、この話を何度も何度も読んで、思いを馳《は》せたの。……よーし、のぼりきった」

おばあちゃんが振り返って、のぼりきった〈南部坂〉を見下ろした。

それにつられて、私も振り返る。

「なーんだ。『ドラマチックーぅ』って思いながら、聞いてたのに。……七パーセント？なんだこれ」

〈南部坂〉の傾斜を示した真新しさのない標識。

何度も通っている道なのに、初めて見た。

あれだけ急斜面に見えた坂道は、数字にすると、たった一桁の七。

がんばってのぼりきった坂道を見下ろすと、標識が「お前がのぼりきった坂はしょせんこんなものさ」と言っているようだった。

「ねぇ、ミヨちゃん。今から、赤坂の〈南部坂〉に行かない？」

おばあちゃんが唐突な提案をした。

「行き方わかるの？」

私の質問に、「知らない。行ったことないもの」と、含み笑いを浮かべて黒いカバンからシニア向けのスマホを出した。

それを受け取り、〈赤坂　南部坂〉と検索。

二・五キロ先。徒歩でおよそ四十分。

「一度は行ってみたいものね」

まんざらでもないおばあちゃんの表情。

私たちは手をつないで、スマホのルート案内に従って歩き始めた。

あっという間に沈んでいく夕日。

暗い住宅街。大きな家だらけ。防犯カメラが本気を出す時間帯。

広尾から赤坂へは、六本木を抜けるルート。とにかく坂が多い。でも六本木の中心部だけは平坦。

六本木の交差点に向かう平らな歩道を進む。

夜の街がこれから活気づく雰囲気。不健全なオーラが漂い始める。

もう少し時間がたてば、おじさんと派手な女の人が腕を組んで歩くのだろうか。

そんな組み合わせはごまんといる夜の街。不健全なオーラがあちらこちらにちりばめられた街は、むしろそれがひとつになり、健全なオーラと化すのか。

その中に、紛れ込んでしまいそうになっている私とおばあちゃん。

手をつないでいる、セーラー服を着た少女と喪服姿の老婦人。もはや、不健全なオーラ。

夜の街の黒い服を着た男たちがあちらこちらで準備を始めている。

怖い。

襲われたらどうしよう。

単純な恐怖。

おばあちゃんの黒いカバンに香典が入っていると思われて、狙われないだろうか。

変な店に力ずくで連れ込まれないだろうか。

おばあちゃんの手を強くつなぎ直す。

「怖い……」

「ミヨちゃん。平坦な道ほど、周りが見えて怖いのよ。学校もそうじゃないかな?」

おばあちゃんが真っ直ぐ前を見たままつぶやいた。

頭の中に逃げ道みたいな言葉を探したけど見当たらなかった。おばあちゃんの声は、砂浜に書いた文字を消す、穏やかな波。結果、私は何も言えなかった。

そのまま六本木の交差点を右に曲がり、大通りを下る。

背中に六本木の気配が遠のいていく。通り過ぎる仕事帰りの人たちから健全なオーラを感じる。本来の健全さ。

スマホに従い、大通りから路地に入る。

途端に道幅が狭くなった。人もいない。

マンションを左に曲がる。

アスファルトではなく、コンクリートで舗装された細くて急な上り坂。ねずみ色の路面には、すべり止めのドーナツ形の凹みがいくつもつけられている。

「あっ、ミヨちゃん、これ」

野ざらしでも弱々しく見えない重そうな石碑。

そこには縦書きで〈南部坂〉と彫られていた。

「広尾の〈南部坂〉より少しだけ急かもね。よし、気合い入れてのぼろうか」

夜道に響いたおばあちゃんの声。

暗くて先が見えない。

私たちは手を強くつなぎ直して、一歩、また一歩と踏み出した。前を見るよりも足元をじっくりと見ながら。

街灯は申し訳程度。

前から来る車のライトに顔をしかめる。道幅が狭いので建物の塀に背中をつけるように立ち止まる。

運転手が会釈しながら手を上げているのが見えた。ここではよくある光景なのかもしれない。

また歩き出す。

いつの間にか、コンクリート舗装ではなく、黒いアスファルトの道。そして、平坦な道。

「あへ？　もう終わり？」

まぬけな声を上げるおばあちゃん。

体感は三十秒だった。

前方に標識が見えた。片面の標識で裏側は何もない。

おばあちゃんがつないだ手を離して、ささっと早歩きで標識を回り込んだ。

「十六パーセントだって」

私も急いで傾斜が示された標識を確認。

二桁。でもたった十六パーセント。歩いた道を数字化されることにムカついた。

声を出そうとしても、涙がこみ上げてきそうになるから、声を出せない。

六本木の途中からずっとこんな状態。

「ミヨちゃん、さっきも言ったけど、何事も時間がたつと『キレイ』に変わるんだよ。学校を休んでいたことも、また学校に行き始めてさ、時間がたてば『キレイ』な思い出に変わるよ。はたまた、このままずっと学校に行かなかったとしても、いずれ時間がたてば、『キレイ』な思い出に変わるから安心してね。どんな出来事も時間がたてば、夕日みたいに、キラキラするからね」

大きくうなずくと、涙が一粒、アスファルトに落ちた。そのまま〈南部坂〉をコロコロと転がる一粒の涙を想像した私は、まだまだドラマチックなことに憧れを抱いていた。

明日からもきっと学校には行かない。

心と頭の中はぐちゃぐちゃに散らかったまま。

おばあちゃんが何を言いたかったのかをちゃんと理解もできなかった。

でも、太陽と夕日と平坦と傾斜には、私をキラキラさせる要素があるような気がした。

「ミヨちゃん、タクシーで帰ろっか」

「うん」

おばあちゃんが暗がりを走るオレンジ色のタクシーに向かって手を挙げた。

真のおもしろい人になりたくて

「おもしろい人が好き」

決められたルールなのか、異性の好みを聞かれた女性の大半がこのように言う。

よって、〈おもしろい人〉になれば大半の女性に好かれるということだ。

ならば、〈おもしろい人〉になろう。

クラスメイトからはよく、「おもしろいね」と言われる。でもこれは〈真のおもしろい人〉への賛美ではない。

授業中に先生にあてられて、答えられず、焦っているだけで笑いが起きて、「おもしろい」と。

トイレから出てきた僕がハンカチで手をぬぐっているだけで、誰かが誰かに僕のことを「おもしろい」と。

のろまな僕でもわかる。これは〈偽のおもしろい人〉への言葉だと。

こんな僕が、同じクラスの仮屋《かりや》さんと一緒に帰ることになった。

それなら〈真のおもしろい人〉になるべきだと、奮闘するのが男である。

当然、仮屋さんに「一緒に帰ろう！」と声をかけたわけではない。

イヤホンで音楽を聴きながら下校していると、僕と同じようにイヤホンをした仮屋さんが突然目の前に現れて、「なんの音楽、聴いてるの？」と質問を投げかけてきたので、曲名を答えると、「え、私と同じ歌じゃん」と。こんな奇跡的な出来事は起こるはずがない。

事実は、校門を出てしばらくしたところで、大きめの石を踏んでしまい、足首が〝くねりん〟っと曲がり、脱力するように転《こ》けてしまったところを仮屋さんに見られただけのことだ。

転けてすぐ、辺りを見回すと、仮屋さんが口をパクパクさせていた。そこで僕は自分が音楽を聴いていることを思い出し、耳からイヤホンを取った。

「ごめん。笑っちゃった。後ろから見てたらあまりにも、〝へんなり〟って感じだったから」

僕のまぬけな転け方に、仮屋さんは心配することを忘れて、笑っていた。

立ち上がった僕のもとに来た仮屋さんは制服の汚れを手で払ってくれた。背中と尻。

背中を払ってもらっているとき、「ゲボー。もう飲めない。飲みすぎたー。吐くー」と酔っぱらいのフリをして笑わせる、ようなことは当然しない。一点を見つめ、前を向いているだけだった。

代わりにと言ってはなんだが、尻を払われているときは、ムチで打たれる競走馬のフリをして「ヒヒーン」と鳴き声を発する、ようなこともせず、ただ下を向いていた。

この状況において僕は、これだけのアイデアが思いつくことを忘れないでほしい。それを放出していないだけのこと。内に秘めていただけだ。

「家どっち？」

彼女の質問に指をさしながら「こっち」と答える、こともせず、ただ進む方向を手で示した。

「同じだね。一緒に帰ってみよっか」

僕はうなずき、仮屋さんと並んで歩き始めた。このような場合、男がリードするものだと確信した僕は仮屋さんより少しだけ前を歩いた。

すると、仮屋さんが速度を合わせてきて、すぐ隣に並ぶ。また、先導すべきだと速度を上げて彼女の斜め前を歩いた。

「歩くの速いね」

すかさず、「チーターみたいだろ？」とおどけようとしたが控えた。そのせいで、僕はこんな返事をしてしまった。

「チーかな？」

「え？」

仮屋さんが、標的を見つけたような笑顔で顔をのぞきこんできた。

「『そうかな？』って言おうとしたけど、『チーかな？』って、言っちまった」

「……言っちまった？」

ややこしい事態だ。「チーかな？」と言ってしまった説明中に、不思議な江戸っ子口調をさらしてしまった。

「ごめん。かんじゃった」

「わかる。私もクラスでそんな感じになる」

そうは思えなかった。仮屋さんは休み時間、いつだって教室の中でどこかのグループに属している。クラスで一番目立つグループの一員のときもあるし、三人グループにいるときもあるし、思い返せば、色々なグループに交じっている。さらにすごいのはどこのグループにいても、いつも笑顔だ。みんなと同じタイミングで笑えている。

仮屋さんを見ていていつも感心するのは、休み時間になれば自然とどこかのグループに属していることだ。

僕はそんな彼女に憧れながら、休み時間になれば普通に息をして自分の席に居座る。しかし何も起きない。そのまま次のチャイムが鳴る。そして、授業が始まる。

この思いをそのまま仮屋さんに伝えようとしたが、「チーかな？」と言ってしまう僕にはあまりにも大仕事だった。結果、黙っていた。

「私ってクラスで、どこのグループにも属してないんだよね」

顔の前で手を大きく横に振りながら「いやいやいやいや」と大げさに否定しようとしたが、仮屋さんが丁寧に育てた花を誰かに抜かれたような顔をしていたので、やめざるを得なかった。

「うちのクラスって、女子のグループがいくつかあるでしょ？　私ね、ほとんどのグループに交ざれるの。クラスにこんな人いないよ。だいたいみんな昼休みを一緒に過ごすグループが決まってるんだよ。私だけ日替わり」

悲しい表情から解放してあげることができる人は〈真のおもしろい人〉だ。だから「日替わりは、定食だけでいいよね」と笑わせようとしたが、この状況では、仮屋さんの話を聞くことがおもしろい正しさだと判断して黙った。

「しかも私、笑ってるだけだからね。自分から何かを話すことはしないし、もちろん自ら意見なんて言わないし。意見を言うときは誰かの意見に同調してるだけ。もし誰かの意見に同調できないときは、『いやいや、それはおかしいでしょ。だってね……』って心の中で反対意見を言いながら、口では何も言わないよ。話してる子の顔を見るだけ。話聞いてないって思われることが嫌だから顔をしっかりと見て、あげくの果てには、相手の顔を見ていることに意識が働きすぎて、話に集中できないの。そんなときはすぐに周りのみんなのリアクションを真似《まね》するだけ」

これだけ喋《しゃべ》られた場合、〈真のおもしろい人〉はどんな反応をするのだろうか。

話題を根こそぎ替えて、昨日のおもしろかったテレビ番組の話をするのか。昨夜見たドキュメンタリー番組〈あ〜した転機にな〜れ〉の、畳職人がネットビジネスを始める回について話すのか。毎週見ているが昨日のは特におもしろかった。しかしそのおもしろさは興味のおもしろさであって、笑顔のおもしろさではない。今、必要なのは、仮屋さんの悲しい顔を笑顔に変えることだ。つまり、〈あ〜した転機にな〜れ〉の話題は今に適していない。

何が適しているのだろうか。わからない。でも今僕が何かを言わないといけないことは、わかる。だから言った。

「あ〜したてんきにな〜れ」

「ん？　そだね。明日晴れてたらそれでいいよね。久しぶりにやってみる？」

僕は「何を？」とは聞かずに、立ち止まった仮屋さんに顔を向けて首を傾けた。

するとと仮屋さんはローファーからかかとを出して、右足をぶらぶらした。

「あ〜した天気になぁれっ」

ローファーがくるくると宙を飛んだ。歩道の上をまっすぐに進む。

地面に落ちたローファーは数回バウンドして、明日の天気が晴れであると占った。

「やったー」

仮屋さんは右手を上げながら喜び、ローファーのもとにケンケンした。そしてとてもスムーズに履き、こちらを振り返った。

「やってみたら？」

僕もかかとだけを出し、右足をぶらぶらした。

「あ〜した天気にな〜れ！」

思いっきり蹴りあげた右足。

ぐにゃりぐにゃりと回りながら、空中に飛び立つローファー。

歩道の真ん中ではなく、やや右側にそれる。ますますそれる。

民家の生け垣に飛び込んだローファー。

一瞬で靴を丸のみにした生け垣。

生け垣にある隙間がブラックホールに見えた。

呆然《ぼうぜん》とたたずむ僕。

手を叩《たた》いて大笑いする仮屋さん。

「本当におもしろい人だね」

仮屋さんが言った。

これが〈真のおもしろい人〉への言葉だと感じた。それは彼女が僕の目を見ながら言ったから。こんなささいなことで、僕は彼女の発言を信用できた。

「靴、探そっか」

仮屋さんの合図で、僕らの大冒険が始まった。

バヒッビック

学校一美人と評されている山村《やまむら》さんは無愛想だ。

高校二年のクラス替えで、僕は山村さんと同じクラスになった。

大人っぽい彼女からは「近づくな」オーラがひたすらに漂っている。

いつだってつまらない顔をしている山村さん。

入学当初は、男子がこぞって話しかけたりしていたが、「つまんない」「うるさい」と、一刀両断。

同学年の男子たちはもう山村さんに近づかない。

今は、山村さんの性格を知らない下級生男子が無謀にも気持ちを伝えて、撃沈している。

上級生のサッカー部のエースですら、「どっか行ってください」と取り合ってもらえない。

僕は彼女と一度だけ話したことがある。

休み時間、移動教室で前を歩く山村さんのファイルから、一枚の紙が落ちた。

本来、山村さんに声をかける勇気を僕は持ち合わせていなかった。でも落とし物をした人に対して、傍観者にはなりたくない、という意地があった。

「あ、落ちたよ……山村さん」

「何？」

振り向く山村さん。

僕が、名前をとってつけたように呼んだものだから、彼女には「山村さん」しか聞こえなかったようだ。「あ、落ちたよ」は、山村さんの耳には届いていない。周囲の音を遮断しているのだろう。はたまた、僕の声が震えて弱々しすぎたからか。

「あ、落ちたよ、紙」

僕は紙を拾い上げながら言った。

「え？　あ、ありがとう」

紙を受け取った山村さんは、すぐにまた歩き出した。僕は一瞬、彼女とのアフタートークを期待してしまっていた……が、皆無だった。

でも僕は見逃さなかった。山村さんが「ありがとう」と言う寸前に、笑顔を封じ込めたことを。

山村さんはたしかに僕に笑顔を見せようとした。しかし、学校では笑顔を見せないという決意があるのか、ブレーキがかかったように、いつもの澄ました表情に戻った。

男子たちはよく「山村って、美人だけど、性格が悪いんだよな」と陰口を叩《たた》いていた。

僕には、彼らの方がよっぽど悪者に見えた。

男子たちは続けて、「女はここだよ、ここ」と丸めた手で心臓のあたりをトントンと叩いていた。

僕にはその様子が、食べ物がのどにつまって胸を叩いているようにしか見えなかった。

お笑い芸人ならきっと、「ダサいんだよ！　今どき胸をトントンって叩く奴いるか⁉」とツッコミを入れるだろう。


僕はお笑いが大好きだ。

原宿にある若手芸人がたくさん出演する〈ラフセンチュリー〉という劇場には、ひとりで足繁《あししげ》く通っている。

〈ラフセンチュリー〉の出演者は、不動のトップメンバー三組と、三か月に一度入れ替わりのあるイレギュラーメンバー十組と、無限にいるオーディションメンバーからなる。

今日はとても重要な日。

劇場のイレギュラーメンバーの入れ替え戦があるのだ。

オーディションから勝ち上がってきた三組と、イレギュラーメンバー十組の、合計十三組によるネタバトル。審査員票と観客票によって、上位十組が、向こう三か月のイレギュラーメンバーになれる。

僕が応援しているのは〈バヒッビック〉というコンビ。

元々はイレギュラーメンバーだったが三か月前の入れ替え戦で降格してしまったのだ。

原因は、漫才の冒頭だった。ツッコミが目立つほど言葉をかんでしまったのにもかかわらず、どちらもそれに触れず、そのままネタを進めてしまったのだ。きっと、ネタの制限時間を優先したのだろう。しかしそれにより、観客との間にわずかな溝ができて、終始小さな笑いしか起きなかった。結果的に最下位。

投票は「おもしろい」と思った三組に、これがルール。僕は、心を鬼にして〈バヒッビック〉に投票はしなかった。応援しているコンビだからこそフェアでありたい。

そして今回の入れ替え戦に、〈バヒッビック〉は、三か月にわたるオーディションから勝ち上がってきたのだ。

ライブは十七時から始まる。

学校が終わって、すぐに原宿へ。駅のトイレでカバンの奥に入れていた私服に着替える。ジーパンとグレーのパーカーに、制服のローファーを履き、学校の制定カバンを持つことは違和感があったが、劇場に制服で行くよりはまだいい。

原宿駅から徒歩十分のビルのワンフロアーに、劇場〈ラフセンチュリー〉がある。開場時間までは、近くのハンバーガーショップで過ごす。時間になると、出演者のごとく、高揚感をもって劇場に入る。

客席の形は独特で角度が広い扇形。二百席ほどある。さすがの入れ替え戦、注目度が高く満席だ。ほとんどが女性。

僕の座席は舞台に向かって左側。この扇形の客席は、左右どちらかの端に座れば、他の観客の表情が見える。個人的には好みのポイント。

応援している〈バビッビック〉が出番のとき、客ウケの具合が正確にわかるのだ。笑い声だけがウケの量ではない。声を出さないで笑う、笑顔タイプの人も見落とさない。

入れ替え戦の客層の特徴は、ひとり客が多いこと。笑いたい人たち、というよりも、お笑いを見に来ている人たち、が多い。

僕は勝手に、この人たちを、本当のお笑い好き、と名付けている。それにより、通常のお笑いライブのときよりも、客入れ中の雰囲気に緊張感がある。

若手芸人たちの向こう三か月の運命が決まるのだ。

ここで降格し、解散をするコンビは少なくない。

この入れ替え戦の結果は、勝者を称《たた》えるものでもあり、敗者には、苦渋の決断をさせてしまうきっかけを与えてしまう。

僕が見た忘れられない光景がある。

降格したとあるコンビが、結果発表のあとのエンディングトークで、くやしがりながらも自虐的な発言で笑いを取っていたのだ。ネタの結果は最下位だったにもかかわらず、その場では誰がどう見ても一番の活躍をしていた。

三か月後の入れ替え戦に向けて、自分たちを奮い立たせるために、ガソリンを補給するように客の笑いを浴びていた。

僕にはその光景が本当に輝いて見えたし、自分が何かにつまずいたとき、再び立ち上がる気力を与えてくれるものだと思った。

しかし、数週間後、そのコンビの解散が発表されたのだ。彼らがあのエンディングで見せた自虐的な笑いは、ガソリンの補給ではなく、最後の力を振り絞っていただけだったのだ。そして、彼らのガソリンはなくなったのだ。

お笑い芸人が舞台上で見せる笑顔の下には、はたまた裏には、壮絶な苦悩が隠れていることを、僕は知ってしまった。

だから本気で投票する。

その意気込みがある人たちが、今日、この劇場に集まり、お笑い芸人の行く末を決めるのだ。

客席の電気が消えた。

僕はまぶたを強く閉じて、息を深く吸って、目を開けた。

開演。

MCの登場。

この劇場のトップメンバーのコンビ。深夜のお笑い番組でも活躍している姿をよく見かける。

出番順は、事前に行われた厳正なる抽選で決められている。順番は発表されない。芸人さんが登場するたびに、客席から上がる声援の量で、人気度合いがわかる。

〈バヒッピック〉が登場しないまま十二組が終わった。圧倒的にウケたのが数組。あとはほぼ同じウケ具合。

〈バヒッピック〉は最後の出番だ。運も味方につけた。なぜならば、全組が終了したあとにMCが登場して、ひとりひとりに配られた投票用紙に、「おもしろいと思った三組に丸印を」と促されるからだ。最後の出番だと記憶に新しく、ウケれば票が入りやすいのだ。

舞台の後方にあるスクリーンに〈バヒッピック〉の写真が映し出される。

出囃子《でばやし》が響き渡り、照明が踊るように点滅し、〈バヒッピック〉を舞台上にいざなう。

ボケ（以下ボ）「どうもー、バヒッピックです」

ツッコミ（以下ツ）「よろしくお願いしまーす」
ボ「僕ねー、ひとつ疑問があるんです」
ツ「何？」
ボ「社会人だと、有給休暇ってあるじゃないですか」
ツ「……なんだよその話題。つまんなそうだな。お笑いのステージで言うことかよ」
ボ「まぁ聞けって。……一般的に有給休暇のことって、〈ゆうきゅう〉って言うでしょ？
その場合の〈きゅう〉って、〈有給の給〉？　それとも、〈休暇の休〉、どっちなの？」
ツ「……何その疑問ー!?　超おもしろそうじゃーん！　論争する価値あるじゃーん!!!」

突如、テンションが最高潮になったツッコミに、客席が爆笑に包まれた。

これは、ボケの「〈ゆうきゅう〉の〈きゅう〉」に対する疑問に、観客たちが共感したからだ。よって、ツッコミのリアクションは、観客の気持ちを大げさに表現したことになり、観客の心を一気につかめたのだろう。

漫才の冒頭、いわゆるつかみで、すでに今日一番の笑いを起こしたと言っても過言ではなかった。

そのまま一気にネタを進める。

ボケの方は、「〈ゆうきゅう〉の〈きゅう〉は〈有給の給〉だ」と言い張る。

ツッコミの方は、「〈ゆうきゅう〉の〈きゅう〉は〈休暇の休〉だ」と言い張る。

互いに一歩も譲らない。

言い合いの様子は馬鹿馬鹿しいのに、〈有給休暇〉というワードが大人っぽくて、不思議と価値のある論争に見えてくる。

ボ「みなさんはどう思いますか？　僕の〈ゆうきゅう〉は有る給料と書いて〈有給〉で、彼の〈ゆうきゅう〉は有る休みと書いて〈有休〉なんです……休みがあるのは当然ですよねー!?　お前、休みがあることを強調しているってことは、ま、ま、まさかお前！　ブラック企業に勤めているのか!?」
ツ「は!?　なんの話!?」
ボ「コイツは今、ブラック企業に勤めています！　誰か助けてあげてください！」
ツ「お前、落ち着けって！　何言ってんだよ!?」
ボ「…………あ！　ゆうきゅうのきゅうはゆうきゅうのきゅう!!!」
ツ「またこれかよ！」
ボケは暴走状態へ突入。
拳を突き上げデモ行進のように舞台上を左右に歩きながら、
「ゆうきゅうのきゅうはゆうきゅうのきゅう！」とひたすらに連呼し始める。

対してツッコミは、「こんがらがるー！　そのきゅうが、どのきゅうかわからなくなってきたー」と頭をかかえる。

ボケは止まらない。「ゆうきゅうのきゅうはゆうきゅうのきゅう！」の言い方に変化をつけ始めたのだ。

それに対してツッコミは、「英語っぽく言うんじゃねぇーよ！」と解説する。

さらにボケは、中国語っぽく言ったり、フランス語っぽく言ったりする。最後には突然、「アラビア語っぽく、ゆうきゅうのきゅうはゆうきゅうのきゅう！　と言います！」と宣言する。

ツッコミが、「なんで急に予告スタイルなんだよ」と添えるように指摘。

それを無視してボケが、変なイントネーションで、「ゆうきゅうのきゅうはゆうきゅうのきゅう！」とすかさず言う。

するとツッコミが、「アラビア語ってどんなんでしたっけ⁉　僕、わからないですー！」と客席に向かって、泣き顔で問いかける。

すでに僕の腹筋はちぎれかけていた。

当然、笑っていたのは僕だけではない。

他の観客も、呼吸ができないほどに笑っていた。

笑いたいし、息をしたい。この苦渋の選択を強いられている観客たち。大爆笑と呼ぶには似つかわしくない、変な笑い声があちらこちらから上がっていた。

その中で特に目立ったのが、笑いながらも必死に酸素を求めた結果、「ァハー！」という引き笑いの声。

それに対して、ボケがすかさず客席に向かって、「客席にニワトリが一羽いらっしゃいますねー」とアドリブを入れると、拍手笑いが巻き起こった。

瞬時にネタに戻り、「もういいよのもうはもういいよのもう！」とボケて、「意味わかんねぇーよ！　もういいよ！」とツッコミ、ネタ終了。

すごかった。

安易な感想は、最たる褒め言葉だった。

結果は〈バヒッビック〉が一位。票数は断トツだった。

ＭＣに感想を聞かれた〈バヒッビック〉のボケが、「ニワトリのおかげです」とふざけると、ツッコミが、「あの引き笑い、どなただったんですか？」と客席に問いかける。

すると、反対側に座っていた女性客が恐る恐る手を挙げた。

それを見た〈バヒッビック〉のやり取りもまたアドリブとは思えなかった。

「おかげさまで今日優勝できました。よかったら今度は卵もうんでください」

「自給自足しようとするなよ！」

エンディングトークでも爆笑をかっさらったふたり。

僕は〈バヒッビック〉を応援していることを誇りに思いながらも、心ここにあらずという状態だった。

それは、手を挙げた女性客が、学校一美人と評されている山村さんだったから。

笑顔の山村さん。

決して学校では見せない表情だった。

公園で遊ぶ子どものような無邪気さをふくむ笑顔。

学校では大人っぽく見える彼女が、ここでは幼く見えた。

僕は、彼女がここにいた驚きよりも、「大きい」と思わせる彼女の笑顔に驚いていた。

僕は、笑顔というものをサイズの概念で捉えたことがなかった。山村さんの笑顔は大きかったのだ。

公演後、すぐに劇場を出て、山村さんを待った。

次々出てくる客たち。その中に、チェックのロングスカートにグレーのトレーナーの山村さんがいた。靴は制服のローファー、そして制定カバン。彼女もまたどこかで着替えたのだろう。

「……山村さん！」

彼女に声をかけることに微塵《みじん》も怖《お》じ気《け》づかなかった。それは、僕たちにお笑いという共通項があったからだ。僕と山村さんは同じことで笑い合えるのだ。

「……坂谷《さかたに》くん？」

「うん！　客席にいる山村さんを見つけて、びっくりしたよ！　お笑い好きなの？　ここ、よく来るの？」

「うん！　お笑い大好き！　……そのせいで、学校がつまんなく感じるほど」

笑いながら答える山村さんの鼻筋が真っ直ぐで、すべり台みたいだった。

「僕も大好きなんだ」

「ねぇ誰が好きなの？」

「バヒッピック！」

「ほんと!?　私も。……今日のネタ、過去最高におもしろかったね」

「ヤバかった。ハチャメチャだったよ。ねぇ、これからは一緒にライブ行こうよ！」

「うん、行こう。坂谷くんは、ゆうきゅうのきゅうはどっちのきゅうだと思う？　ゆうきゅうのきゅう？　きゅうかのきゅう？　ゆうきゅうのきゅうはゆうきゅうのきゅう？」

「……こんがらがるー！」

山村さんの大きな笑顔は、僕を有頂天にした。

僕も負けじと言う。

「ゆうきゅうのきゅうはゆうきゅうのきゅう!」

「こんがらがるー!」

僕と山村さんは大きな笑顔を咲かせながら、存分にふざけ合った。

僕はお笑いが好きだ。

山村さんもお笑いが好きだ。

僕は山村さんが好きだ。

でもそんなことは言えない。

山村さんは知っているのだろうか。

〈バヒッビック〉がアラビア語だということを。そして、「愛してる」を意味することを。

「山村さん、バヒッビック!」

厄介な彼氏

彼氏ができました。同じ大学です。しかし厄介なことがあります。

それは、彼が半年前までこの大学のミスキャンパスのグランプリと付き合っていたらしいのです。厄介です。

ミスキャンパスグランプリのあの子。整った顔。整ったスタイル。誰かが整理整頓したの？　きっと部屋も整理整頓ができていることでしょう。彼はその部屋を知っているのかな？

まぁそんなことは聞けるわけもなく。

実は私、その子に一度だけ話しかけられたことがあります。

「すみません。学生証落としましたよ」

「あ、ありがとうございます」

これだけ。

それなのに、子どもが描く太陽みたいに輪郭がはっきりした明るい子だなって思った。その子をキャンパスで見かけるたびに、絶景のように眺めていた。彼女に吹くのはそよ風だけ。揺れるのは前髪だけ。地球も味方？　みたいな子。

私と彼が付き合い始めたのは二週間前。なんか恥ずかしくて周りには隠していた。

そしたら何も知らない友達が、彼とあの子が半年前まで付き合っていたって教えてくれた。あの子は、この場にいなくても話題になる。そんな子。

友達は「なんであんなに可愛《かわい》いのに、あの普通のタイプの男と付き合ってたんだろね」と言った。

私はそんなことでは怒らないよ。だって、その通り。

彼は私に見合っている。

私は彼に見合っている。

彼はあの子と見合っていない。

あの子は彼と見合っていない。

彼はあの子と見つめ合っていた。

あの子は彼と見つめ合っていた。

……彼と付き合っていたこと隠さなきゃよかった。

そしたら友達も気をつかって、そんな知りたくもない情報を言ってこなかったかな。

でももう知っちゃったし。

あの子を好きになった彼はナイスだし、何より彼を好きになったあの子もナイスだし。

ナイスなふたりは結局、見合っている。見合っていた。見つめ合っていたのかな。

同じ人と付き合うだなんて、私とあの子の価値観は似ているのかな。だからあの子の内面の良さまでわかるのかな?

厄介なことって、私の見た目があの子には到底かなわない、そんなことじゃない。見た目問題は厄介じゃない。

厄介なのは、あの子が明るくて憎めない子ってこと。性格問題。

見た目問題はどうでもいい。厄介なのは性格問題。

あの子は心が澄んでいる。

店員さんがオーダーミスをしても「いいですよ! 実はそれと迷ってて、後悔してたんです。だからちょうどよかった」と言うに違いない。

それに比べたら私は「いいですよ。それ食べますんで」となんとも納得いかない様子を漂わせながら、渋々食べる。あるいは店員さんが強引に「作り直します」と言ってくるのを待つ、ひねくれ者。

私、あの子の澄んだ内面は、あの子の見た目のおかげだと思っている。

ミスキャンパスのグランプリに選ばれるほどの見た目があれば、私だってひねくれない。誰よりも澄んだ子になれる。

あの子の見た目通りの内面を、素直に認められない私は、やっぱりひねくれている。

そもそも私は見た目の優劣をつけている。

きっとあの子は優劣なんてつけていない。

でもそれはあの子が優劣の【優】だから。私だって【優】だったら、【劣】なんて考えない。【劣】だから【優】が見える。あの子がもし【劣】だったら絶対に、優劣をつけていた。

あー、私はとことんひねくれ者。

あの子の性格には到底かなわない。

厄介な性格問題……いや、うそです。私、うそをついていました。

私よりはるかに見た目がいい子と付き合っていた彼……それが受け入れられない。

私の見た目をどう思ってる？　あの子より劣るけど、中身がいいんだよって思ってる？

正直に打ち明けます。

厄介なのは、見た目問題。

ある日、彼とテレビを見ていたらアイドルが出てきて、「可愛いな」って。そんなことはなんの問題もない。私はそんなことで妬《や》くような不安に駆られた安物の女じゃない。ただ、そのアイドルとあの子がそっくりだった。それは問題あり。大問題。

やっぱり彼は私の見た目を好きではない。妥協して私と付き合っている。

見た目問題は厄介。

性格問題なんてどうでもいい。

あの子が私より性格がよくてもいい。はるかによくてもいい！　ただ私よりはるかに上の見た目はダメ！　私より見た目が少しだけ上ならまだ許せた。よりによって、ミスキャンパスのグランプリ！　今後、苦しめられる見た目問題。

嫌だな。楽になりたいな。だったら楽になろうよ。自分を楽にしてあげる。

うん、そうしよ。

付き合ってまだ二週間。引き返すなら今だよね。

次、彼に会ったとき、別れを告げるね。

私は、自分より劣る見た目の女子と付き合っていた人を探します。そんな人と付き合います。

見た目問題と戦っていたあのころの私。

あれから八年、もう二十九歳。

あの子は元気かな？　きっと今も美しい人。

見た目問題。今なら気にしない。あのころは許せなかった。

私は一歩踏み出したよ。

目の前の大きな扉が開いたから。

目的地まで走ったら二秒で着くのに、お父さん引き連れてバカみたいにゆっくり歩いて、三十秒もかけて歩いている。


あの日、彼に別れを告げた。理由も正直に言った。そしたら彼は笑いながら、「好きな顔と、愛《いと》しい顔は違うんだ。お前は愛しい顔」と言った。

彼の言葉。世間一般では七十点くらい？　でも私の心は澄んだんだ。

百点の言葉は臭すぎる。

七十点の言葉は私の百二十点。

私と彼は見合っている。


目的地にやっとたどり着いた。

神父さんと彼のもとに。

お父さんバイバイ。

……ここで厄介なことがひとつ。
……私、緊張している。
……彼、もっと緊張している様子。
やっぱり私と彼は見合っている。
そして見つめ合っている。白いベール越しに。
着飾った私。今日ならあの子に勝てるかな。

浦山くんが僕の大親友になったきっかけの話

川井《かわい》さんが倒れた。

休み時間に。

三階の教室から二階の音楽室に向かっている最中だった。危険なことに、階段を下りているとき。

でも助かった。それは偶然、二階から上がってきていた、川井さんとは別クラスの浦山《うらやま》くんがいたからだ。

浦山くんはサッカー部。二年にしてレギュラー。サラサラ髪。

そんな彼が的確な対応をしたのだ。

対して、そこに偶然通りかかった〈とある男子生徒〉は何もできなかった。

僕は〈とある男子生徒〉に腹を立てていた。

家に帰ってリビングをのぞくと誰もいなかった。犬のケージが開いている。散歩だろう。

洗面台に直行し手を洗い、目の前にいる〈とある男子生徒〉を叱った。

「お前、何してるんだよ。川井さんが倒れてるんだから、なんとかしろよ」

僕と同じように口を動かす〈とある男子生徒〉は、鏡の中で情けない顔をした。

突然の事態に対応できなかったのは、〈とある男子生徒〉には作戦があったからだ。

残念ながら〈とある男子生徒〉は僕である。


そう。僕には作戦があった。

川井さんはいつも友達の岸《きし》さんといる。しかし、唯一、ひとりになるときがある。それは選択授業に向かうとき。岸さんは美術を、川井さんは音楽を選択している。同じく音楽を選択している僕。

休み時間になってすぐ、川井さんが岸さんと「バイバイ」を言い合い、ひとりで音楽室に向かった。他のクラスメイトたちは大概、休み時間を教室で過ごし、直前で音楽室または美術室に向かう。

川井さんとわずかな時間差で僕も教室を出た。早めに音楽室に着けば、川井さんとふたりっきりになれるという下心があったからだ。話すことも考えていた。

それは新たな家族ができたこと。犬。名前は、〈豆腐〉。トイプードルは略すると「トイプー」になる。それがわずかに「豆腐」に似ているから。少しのジョークを混ぜた和やかな話題だ。初めて川井さんとふたりっきりで話すには最も適している。

廊下の先を歩く川井さんは階段に向かって曲がると、姿が見えなくなった。だからといって、僕は走ったりしない。彼女が音楽室に向かっていることはわかっているのだから。むしろ、普段より遅いペースで歩いた。

川井さんはきっと音楽室に着いてひとりになる。そして退屈しのぎに深呼吸をするだろう。暇つぶしに壁の穴も数える。すると遠くから聞こえてくる足音。彼女は「先生だろうか？」と扉に目を向ける。川井さんの脳は、定年間際の白髪交じりのボサボサ髪の音楽教師が現れることを予測する。しかしそこに現れるのは十七歳の僕。短髪でも長髪でもない名もない髪形の僕を見て、彼女の脳は錯覚を起こし「ドキッ」とする。学校で微塵《みじん》も話題にならない平凡な見た目の僕ですら、否《いや》が応《おう》でも素敵に見えるだろう。

さらに、音楽教師が現れて〈モーツァルト〉の話を聞かされると思っていた川井さんの脳は、僕の〈豆腐〉の話にとろけるに違いない。

例えば、溶けたチーズ。トーストにチーズを乗せて焼くと、とろけるチーズが出来上がる。ひと口かじれば、溶けたチーズが伸びる。伸びきったチーズがちぎれた瞬間、ターザンのように飛び、口元に着地する。あごについた細いチーズの線を指でつまみ取って、口に入れる。それは何よりもおいしい。つまり、とろけた川井さんは何よりもおいしいに違いない。

「いやいや『つまり』じゃないよ。つじつま合ってないから。意味不明だよ」

誰にも聞こえない声で、自分の考えを訂正しながら階段に向かう僕。

川井さんが踏んだであろう位置を予想しながら、そこに足を置き、進む。右に曲がって、階段を一歩下りた。


飛び込んできた目の前の光景。

川井さんが浦山くんに抱きついた！

この現実を疑うべく何度かまばたきをした。しかしこの行為が仇《あだ》となり、カメラのシャッターと化したまばたきは、目の前の光景を脳に焼きつけてしまった。

ここで僕はすぐに不自然さを感じた。

それは、抱きつくにしては、川井さんの両手がぶら下がっていること。さらに浦山くんが、ロマンチックからはほど遠い顔をしていたこと。

その刹那に僕は、ひと安心してしまった。

浦山くんは、川井さんを受け止めてそのまま抱え上げ、ゆっくりと階段を下りて、踊り場にそっと寝かせた。さすが、サッカー部の浦山くん。力持ち。学校内で誰もが知っている存在である理由がわかった。

「川井さん、川井さん」

浦山くんが呼びかけていた。

僕は事態を飲み込んだ。

川井さんが体調を悪くして倒れ、偶然居合わせた浦山くんが救護しているのだろう。

この一連のふたりの様子は、白雪姫のミュージカルを見ているのかと思うほど、美しかった。

続けて僕はこう思った。

なんで浦山くんは川井さんの名前を知ってるんだよ。一年のときも二年の今も、クラス違うじゃん。もしかして好きなの？

僕は腐っている。彼女の心配をすることなく、別路線の思考にいたっていた。

ただの嫉妬。小さい男だ。小粒な人間だ。豆野郎だ。豆だ。腐った豆だ。豆腐だ。

本当の豆腐はおいしい。

犬の豆腐は可愛《かわい》い。

この豆腐は腐った豆野郎。

実は僕の別路線の思考は、まだ止まらなかったのだ。

川井さんを助けた浦山くんを見て、こう思ったのだ。

うらやましいー。僕も川井さんを助けたかった。あー、もっと早めに音楽室に向かって、階段のところで待っておけばよかった。そして、倒れた川井さんを救いたかった。浦山くんは川井さんに寄りかかられたってこと？　うらやましいー。体に触れられたのか。浦山くんがうらやましいー。あ、なんかダジャレみたいになった。

お門違いの自分の考えに、違和感を抱き、首を横に何度か振って思考を追っ払った。

「川井さんを見といて」

不意に浦山くんに声をかけられた。

うなずきながら「うん」と言おうとしたが、呼吸法を間違えた。空気をひと口分丸のみしてしまい、声は出なかった。

走り去る浦山くん。圧倒的な瞬発力で、サラサラの髪の毛だけが置いてけぼりになりそうだった。

階段をかけ下りる音が少なかった。一段飛ばしどころか、三段飛ばしだったのかもしれない。

シャンプーのいい香りがした。さすが浦山くんはイカした男だと思ったが、川井さんの香りかもしれない。

口から変な音がした。

僕はこの状況でゲップをしていた。

情けなさで泣きそうになった。でもそれは言い訳のような気がした。

ただこの事態が怖くて、泣きそうになっているのだ。

川井さんが弱い声を出しながら目を開けた。つられて僕も目を見開いた。

両手をついてゆっくりと上体を起こす彼女。そして僕を見た。

どうすることもできず会釈をした。

ヒヨコは最初に見た動くものを親だと思うなら、川井さんは僕を〈助けてくれた人〉と思うのだろうか。


遠くからひとりの足音が聞こえてきた。浦山くんだろうか。

足音の数と、この場に到着する時間が釣り合わない。最初に聞こえてきた足音の距離感、そこからの歩数を考えれば、倍の足音の数が必要な気がした。それほどに浦山くんは全速力で走り、一歩分の幅が広かったのだろう。

「ありがとう」

浦山くんが僕に感謝した。

そして、僕はこう思った。

この状況で、他人に感謝を述べられることがすごい。

さらに、こうも思った。

「ありがとう」ってまるで、川井さんは自分のものみたいな感じはやめてくれよ。僕だって、君みたいにサッカー部に所属して、厳しい上下関係を味わい、毎日走っていれば、対応できたはず。いや、ありのままの僕でも、浦山くんの立場であればなんとかなったはずだ。階段で川井さんの様子がおかしくて、目の前に倒れてきたら、状況になじめた。ただ僕は川井さんと音楽室で話すことばかりを考えてウキウキしていたのだ。それなのに、踊り場で倒れている彼女を見たんだ。想定とは真逆の状況に、冷静でいられるわけがない。浦山くんだって、もし僕の立場だったら、こうなっていたはず。

この思考にたどり着いてしまった自分を惨めに思った。

顔をのぞきこむ浦山くんに川井さんは謝った。

「ごめんね、ごめんね」

彼女は僕のことを〈助けてくれた人〉と認定していないことがわかり、階段の手すりを強く握った。この力があれば、川井さんを救えただろう。

「大丈夫？」

浦山くんの問いかけに何度もうなずく彼女。

保健室の先生がやってくると、川井さんは自力で立ち上がった。

「貧血かな？」

「絶対そうです」

川井さんの返事を聞いた保健室の先生は少しニコッとした。

途端、浦山くんがオロオロとし始めた。さっきの勇敢な姿はどこにもなかった。

僕はいったん、教室に戻った。

鏡の中にいる情けない顔をした〈とある男子生徒〉が自分であることが、奇妙に思えてきた。

どれだけ速く走っても、浦山くんにはかなわないだろう。

僕がもし浦山くんの立場なら冷静に対応できたと強がってみるものの、きっと僕は倒れてくる川井さんに触れていいのかどうかわからず、よけていただろう。彼女を救うことよりも、彼女に触れてしまうという〈照れ〉が勝っていたに違いない。それにより、川井さんは階段で倒れて、ケガをしていただろう。

川井さんに謝ろう。

その必要はないかもしれない。

でも明日、正直に謝ろう。


翌朝、教室に一番に着いた。もし川井さんが早く来るタイプなら、ふたりっきりになれると思ったから。しかし、あまり話したことがない男子がやってきてしまった。

「おはよう。ドキッとしたー」

「おはよう。なんとなく早く来たんだ」

返事をしてから考察した。

おそらく彼はいつも教室に一番乗りしているのだろう。きっと彼の脳は、誰もいない朝の教室を想定していた。しかし、そこに僕がいた。だから「ドキッ」としたのだろう。やはり、意外性により、人は「ドキッ」と驚く。それが異性同士となると、「ドキッ」のニュアンスは変わるのではないだろうか。

結局、その日はひとりっきりの川井さんを見かけられなかった。彼女は常に友達の岸さんといた。

あきらめた僕は、来週の選択授業、音楽の授業にかけることにした。もう彼女のあとを追うようなことはしない。音楽室に先回りして、待っておく。きっと川井さんは毎週、誰もいない音楽室に入っている。しかし、そこに僕がいるとなると彼女は「ドキッ」とする。すかさず〈豆腐〉の話をもちかけると、彼女はとろけるだろう。

翌週。

僕は授業が終わるとすぐ音楽室に向かった。扉を開けると、想定通り誰もいない音楽室。目をつむり、聴覚に集中した。

遠くから足音が聞こえてきた。川井さんに違いない。

「あれ?」

僕は異変に気がついた。足音がふたり分、聞こえる。もしかすると川井さんと岸さんかもしれない。それならそうと構わない。〈豆腐〉の話をふたりにすればいいだけのこと。僕の脳は、女子生徒ふたりが現れることを想定した。

ふたり分の足音が止まり、扉が余分な音を立てながら開いた。

そこに現れたふたりに対して僕は「ドキッ」とした。

川井さんと浦山くん。

ふたりの脳もまた、誰もいない音楽室を想定していたのか、ここにいる僕を見て「ドキッ」としているように見えた。

ふたりは僕の顔を見ていた。

僕は浦山くんの左目と川井さんの右目を見ていたせいで、焦点は合わなかった。

「あ、樋口《ひぐち》くん。この前はびっくりしたよね？」

浦山くんは僕の名前を知ってくれていた。話したのはあのときのひと言だけなのに。

「うん、びっくりした」

川井さんが倒れたことだとすぐに理解して、適した返事ができた。

「びっくりさせちゃってごめんね。あの日、朝ごはん食べてなくて、そしたら急にめまいがして」

川井さんが僕に話しかけてくれた。彼女の声が、僕のためだけに向けられたのは初めてだった。

「ねぇ川井さん。樋口くんだけには言っておこうよ」

浦山くんの提案に川井さんはうなずいた。

この時点で僕はすべてを察した。

ふたりは付き合っている。

この休み時間、誰もいない音楽室でふたりは逢《あ》い引《び》きをしている。ほんの数分だけかもしれない。足音がしたら、浦山くんが出ていくのだろうか。先週もそうだったのだろう。あの階段の踊り場が待ち合わせ場所で、そこで川井さんは倒れた。

そして僕は欲張りな推測をした。

ふたりは、僕がいないときに、僕の話をしたことがある。だって、浦山くんは僕の名前を知っていた。しかもネガティブな方向の話題ではなく、むしろポジティブな話をしている。そうでなければ「樋口くんだけには言っておこうよ」と言うはずがなければ、川井さんもうなずくはずはない。

この欲張りな推測は正しいに違いない。

学校内で誰もが知っている存在の浦山くんと、あの川井さんが、僕がいないときに僕の話をしているのだ！

こんなにも嬉《うれ》しい気持ちを届けてくれたふたりに、何かお返しをしたい。

想定通り、浦山くんの口からふたりが付き合っていることを教えてもらった。

「誰にも言わないから安心して」

続けて僕は、ふたりに〈豆腐〉の話をした。嬉しい気持ちを届けてくれたふたりへの、お返しのつもりで。

ふたりとも「豆腐ちゃんを触りたい」と言った。

「いつでも遊びに来てよ」

僕の誘いにふたりは喜んでくれた。

日曜日、浦山くんのサッカー部の練習が昼には終わるらしく、その日に僕の家に来ることになった。

「ねぇ、岸ちゃんも連れてっていい？」

川井さんは僕に聞いてくれた。

「もちろん」

浦山くんは顔の前で両手をそれぞれ丸めて犬ポーズをした。

僕は負けじと丸めた両手だけではなく、舌まで出して犬ポーズをした。

「何それー」

川井さんは笑って小さく跳びはねた。

完璧な前髪

完璧な前髪の出来上がり。

ぱっつん前髪な印象を与えつつ、実は分かれている。

左右の毛量、一・五対八・五。

カーラーで少しだけ丸めた右の前髪は、右眉と眉間に被《かぶ》せる。特に崩れやすい左の前髪。これが厄介。人さし指と親指に少しだけワックスをつけて、ねじりながら、左の眉尻に触れさせる。

分け目の角度は十五度。その間からのぞくおでこは陶器のよう。でも実は中学生のころに潰したいくつかのニキビ痕《あと》を右の前髪で隠している。

ヘアスプレーを前髪全体に噴射。

「よしっ。完璧」

洗面台の鏡の前で誰にも聞かれない声を出した。

高校二年の私を最も可愛《かわい》く見せてくれる前髪。一生、この前髪がいい。

自分の顔にさほど自信はない。でもこの完璧な前髪のときだけは、何にでも立ち向かえる気がする。

首を左右に振ってみる。

「くそっ……！」

やはり左の前髪が崩れた。左の前髪さん、あなたは左の眉尻に触れるだけでいいの。

竜巻の中でも動かない前髪が欲しい。

「……接着剤だったらガチガチになるよぅ」

自分の独り言に微笑《ほほえ》んだ。

部屋に工作用接着剤がある。接着剤で左の眉尻と左の前髪をくっつける。竜巻にも耐えられそう。くだらないことを考えていないでやり直し。

美容室で四千円払って、カットしてもらったのは二週間前。カットしてからしばらくはなんか変。なじまない。でも十日がすぎた辺りから徐々に良くなる。そして二週間で私になじむ。それと同時に可愛さのピークを迎える前髪。

傾向と対策。

すべて予定通り。

二週間ちょっと前のこと。

言葉を交わしたこともないサラサラヘアーのセンター分けの男子と校舎の廊下ですれ違いざまに、目が合った。その瞬間、彼は微笑んだ。

え？　なんで？　顔になんかついている？

思わずうつむいた。そしてトイレに駆け込んで、鏡を見て声を漏らした。

今日の私、調子がいい。前髪、完璧かも。だから微笑んでくれた？

隣のクラスの爽やかなイケメンくん、名前はたしか山岡《やまおか》くん。これくらいの印象しかなかったのに、すっかり私の頭にすみついた。

その日から山岡くんとすれ違うたびに目が合う。

手応えあり。

昔から度胸だけはある。ジェットコースターは怖くないし、カマキリだって触れるし、新しい靴に慣れなくて靴擦れしても、可愛さのためなら痛みに耐えて歩き続けられる。でもこれは関係のない話。要は、彼に告白する決意があるってこと。

でも今の前髪では、告白はできない。だって前髪が少し伸びている。この、少し、は大きすぎる。早くしないと野蛮な女子に取られちゃう。

完璧な前髪じゃないとダメなんだ。

洗面台で再び前髪を整える。

今度はワックスの量を少し増やして、左の前髪を軽くねじりながら、左の眉尻に触れさせる。

本当に、ワックスじゃなくて、接着剤でもいいのかも。あれなら確実に前髪をキープすることができそう。工作用接着剤、部屋にある。……なんちゃって！

前髪全体にヘアスプレーを噴射。左の前髪は重点的に噴射。首をさっきよりも弱く振る。

「……よしっ」

前髪、崩れなし。ワックスとヘアスプレーの二重固定。鏡の中の私と目を合わせる。

「……好きです。付き合ってください」

山岡くんはなんと返事をするかな。

きっと首を縦に振ってくれる。この前髪なら大丈夫。

駅まで歩いて五分。走るのは禁止。前髪が崩れるから。工作用接着剤でセットをしていたら走っても崩れなさそう。あながち、冗談でもない。

電車に揺られること十五分。

イヤホンで大好きなスリーピースロックバンドのSHISHAMOの〈君とゲレンデ〉〈僕に彼女ができたんだ〉〈BYE BYE〉を聴いて高揚。駅の目の前が学校。

いざ学校へ！

休み時間に、山岡くんと同じクラスの女友達に顔を熱くして伝えた。

「山岡くんに、今日の放課後に『食堂の横のベンチに来て』って言っといて」

この学校では有名な告白スポット。放課後、人通りがなく、体育館裏みたいにじめじめしていない。陽当たりと風通しがよくて心地いい。

授業中は何度も手鏡で前髪を確認した。休み時間ごとにトイレの鏡を見てはヘアスプレーを噴射して、ワックスをつけたした。

そして放課後。まずはトイレで最終チェック。前髪崩れなし。とはいえ、念には念を。右の前髪にヘアスプレー噴射。左の前髪にワックスを追加して、左の眉尻に触れさせる。

「完璧」

何にでも立ち向かえる。


食堂の横のベンチに座る。

遠くでカラスが鳴いている。空を見上げてもカラスはいない。どこかの木にとまっているのかな。飛びながらは鳴かないのかな。

「あっ」

山岡くんが来た。

絶対私に気がついているのに、こちらを見ないようにして、キョロキョロしながら向かってくる。

ゆっくりと立ち上がる。緊張していないのは前髪が完璧だから。

「ごめんね、急に」

「何？　どうしたの？」

わかっているくせに。

「話したこともない私なんかに呼び出されて怖いよね」

「別に怖くないよ。君のことは知ってるし」

やっぱり目が合っていた。

「あのね、好きです。付き合ってください」

一文字ずつを渡すように、丁寧に言った。

少し驚いた顔をしている山岡くんは、サラサラの前髪をかき上げた。

またカラスの鳴き声が聞こえた。

次は山岡くんの返事が聞こえてくるかなと思ったら、葉っぱがこすれる音。木々が揺れる音。足元で落ち葉が動く。スカートの中に空気が入り込んでくる。

パッとスカートを押さえた。

それがダメだった。

私のおでこがひんやりした。

山岡くんの前髪が激しくなびいた。

「え？」

とっさに声が出た。

下から巻き上がった強い風が私の前髪をめくり上げた。スカートじゃなくて前髪を押さえたらよかった。パンツが丸見えになってもいい。ただ前髪が崩れるのはダメ。

山岡くんが息を吸って、何かを言おうとしている。

待って！　前髪を直させて！

「……ごめん。あんまり話したことないし。……ごめん。名前もわからないし。せめてもう少し仲良くなってから」

「……あ！　そうだよね！　ごめんね、突然！　今の忘れて！　じゃーね！」


逃げるように走った。おでこに風があたる。

駅のホームで息切れを落ち着かせた。

電車が来た。乗った。やや混んでいる。

前髪を触るとパリパリした。前髪はもうどうでもいいからぐちゃぐちゃにした。

電車を降りた。家まで走った。

お母さんの「おかえりー」の声に、いつも通り「ただいまー」と言った。

二階の自分の部屋に入って、セーラー服のままベッドに飛び込んだ。

枕に突っ伏して叫んだ。枕が濡《ぬ》れた。

何これ？　誰かが枕にスポイトで水を一滴ずつたらしてる？

私、号泣してる？

帰り道、走りながら泣かなかったのに。

へぇ。

部屋に戻ってから泣くんだ。カラスもそうなのかな。飛びながらは鳴かずに、木にとまってから鳴くのかな。

「カラスと一緒にするな」

細い声は震えていた。

完璧な前髪を維持できていれば山岡くんは承諾してくれたんだよ。絶対そう。そもそも風が吹いたせいだ。前髪が崩れたせいだ。ワックスのせいだ。ヘアスプレーのせいだ。

接着剤を使えばよかった。前髪、おでこに貼り付けたらよかった。

引き出しから、工作用の接着剤をつかみ取った。

キャップを開ける。先端に固まった接着剤をめくり取ったら、気持ちよかった。

容器を右手に持って、逆さまにして、頭上で思いっきり握った。

頭頂部が冷たい。おかまいなしに握り続ける。
先端から空気が抜ける音が何度か聞こえた。
まぬけな音。接着剤がもう出なくなった。
カラになった容器を、ゴミ箱に投げ捨てたら、見事に入った。
こんなことで運を使うな。
手鏡で頭を見たら真っ白の接着剤が山盛りのってる。
それを確認してから両手で接着剤をシャンプーみたいにゴシゴシした。
泡立つはずはない。髪の毛を立てて遊んだ。
前髪にもたっぷりつけて、おでこをむき出しにした。
手鏡で見たら、まさにツンツンヘアーって感じ。
中学生のころに潰したいくつかのニキビ痕が目立たなくなっていた。いつの間に。
しばらく、手鏡の中にいる私を呆然《ぼうぜん》と眺めていた。
接着剤が乾いてきた。手鏡と指先がくっついている。
手を払ったら簡単に取れた。
足音を立てないように、風呂場に向かった。
脱衣所でセーラー服と下着を脱いだ。セーラー服に接着剤、ついたかな。
熱いお湯を出して、髪の毛を洗っていたら、脱衣所からお母さんの声が聞こえた。

「もうお風呂?」

「うん」

「はーい。ごゆっくり」

さすがお母さん。わかってくれている。

完璧なお母さん。

嫉妬と同情

中松《なかまつ》は四月二日生まれ。

いつも明るくて、笑顔で、背が高くて、高三にして車の免許を持っている男。

実家が自動車ディーラー。

高校卒業後は進学せず、家業を継ぐことが決まっているため、学校に許可を取り、誕生日の一か月前から教習所に通い始めた。

そして、六月、免許を取得。

休み時間、中松は教室で「ジャーン」とくだらない効果音を発して、免許証を自慢していた。

男子たちは「すげぇ」と口々に言った。

その様子を教室の隅から眺めて、少し笑ったキミに僕は気がついた。

キミと中松は、高二の春から付き合っていた。

めでたく高三で同じクラスになったふたり。ついでに僕も。

何度か、キミと中松が一緒に帰るところを見かけた。中松のサラサラな髪とキミの長い髪が、同じ髪質でお似合いだな、と眺めた。

また、中松とキミの身長差が、ホットドッグの長さくらいだなと、心の中で笑った。

六月中旬、ふたりの様子が変わった。同じクラスの男子から「別れたらしい」と聞いた。

「ふーん」

僕のこの返事は、決してわざとそっけなくしたわけではない。本当に何も思わなかったのだ。席替えで、キミと隣同士になるまでは。

授業中、教科書のページをめくる動作で僕は、消しゴムを落とした。

それをキミが拾おうとしてくれた。

でもその動作でキミは、キミの消しゴムを落とした。

だから僕は、キミの消しゴムを拾った。

結果、お互いの消しゴムを拾い合っている僕らは、床に手を伸ばして机にあごをつけた。

その状態で目を合わせて、口を閉じたまま笑った。

この瞬間、僕は知った。

優しさは優しさを生むことを。

キミの優しさが、僕の優しさを生んだ。

きっと僕らは優しいふたりになれる。

そう思うと、その授業中は先生の声がとんでもなく雑音になった。

休み時間、キミは僕に話しかけてくれた。

たわいもない話だったけど、僕には強烈な出来事だった。

中松は変わらず明るかった。

不思議だった。キミという人を手放したのに。

でも僕は見てしまった。中松の苦悩を。

放課後、日直だった僕は担任に学級日誌を提出するため、職員室に行った。

一歩踏み入れると、すすり泣く声。そこに目をやると、担任の前で中松が泣いていた。

「僕も、進学したいです」

震える声を出した中松は、教室内で明るく振る舞う彼とは別人だった。

「お父さんに相談するか？　先生も、中松の進学への思いを尊重したいし」

「お父さんは僕が大学に行ったら、『別のところに就職したくなるんじゃないか』って」

「よし、お父さんと話してみよう」

「お願いします」

頭を下げた中松。

免許証は、中松にとっては車を運転できる許可証ではなく、彼の未来を押さえつける重い重いカードにすぎなかった。教室でみんなに免許証を自慢することによって、自分の感情に蓋をしていたのかもしれない。

中松の苦悩を、キミは知っていたのだろうか。

きっと知っていただろう。

だって中松はキミと話すとき、よく真顔になっていた。明るく振る舞うのはみんなの前だけ。キミには本当の中松を見せられたのだろう。

別れた理由は知らない。でも、そんなふたりだからこそ後悔はないと思う。

根拠はないが、こう考えた僕は、キミに直進することを決めた。

しかし、変わらず明るい中松を見るたびに、胸がずーんと痛んだ。

さらに中松が免許証を自慢していたあの日を思い出すと、胸がちくりと痛んだ。

教室の隅から少し笑って見ていたキミ。恋人が車の免許を取得したのだから、鼻が高くなっていたのかもしれない。

中松はキミにも、「ジャーン」と効果音をつけて免許証を見せたのだろうか。キミは「すごーい」と手を叩《たた》いたのだろうか。

何気なかった光景が、僕を苦しめ始めた。

キミと中松の髪質が同じことを発見しなければよかった。胸がちくりと痛む。

中松への同情と、中松への嫉妬。

これらの感情が渦巻きながらも、僕は休み時間のたびにキミに話しかけることをやめなかった。キミからも話しかけてくれた。

キミはお父さんに新しい自転車を買ってもらったことを教えてくれた。

「日曜日、自転車で一緒にどこか行こうよ」

自然に言えた。誘えた。うなずいてくれた。


日曜日の昼、それぞれが自転車に乗って広尾の有栖川宮《ありすがわのみや》記念公園で待ち合わせた。

私服姿のキミ。

中松もキミの私服姿を見たことがあるのかと思うと、胸がちくりと痛んだ。

でも、今キミとふたりっきりになれていると思うと、高揚して胸がふんわりとした。

「代々木公園まで自転車走らせようか」

「公園で待ち合わせして、別の公園に行くんだ。おもしろそうだね」

真新しいピンクの自転車にまたがるキミは、笑いながら言った。

僕らは自転車を走らせた。

僕が前を走りキミを先導した。

何度か振り返って、話しかけた。

向かい風の音のせいで、声が大きくなる。

信号待ちで「あんまり聞こえないね」と笑った。

僕は走行中、やり取りがないことをもったいないと感じ、無駄にベルを鳴らしてみると、キミがベルを鳴らし返してくれた。

ここから自然と、どちらかがベルを鳴らすと、鳴らし返すというルールができた。

それが楽しくて何度もベルを鳴らした。

信号待ちでキミは「人がいるときはベルを鳴らさないから偉いね」と言ってくれた。

代々木公園に着くと、たくさんの人がいた。

大学生と思《おぼ》しきグループを見ると、中松には進学してほしいと胸がずーんと痛んだ。

僕とキミはサイクリングコースをゆっくりと横並びで走った。

「お腹すいたー」

キミが空に向かって言った。

「売店で何か買おうか」

僕らは自転車をとめることにした。

「あ、カギまだ買ってないんだった」

キミの自転車と僕の自転車をくっつけて、僕のチェーンロックで後輪をつなげた。寄り添う自転車を見て、嬉《うれ》しくなった。

売店には迷うほどの食事はなく、ふたりともホットドッグを選んだ。

見える範囲のベンチは埋まっていたから、自転車に戻り、その場で立ちながら食べた。

「なんかこの状況、ストイックだね」

キミが僕の目を見て言った。

僕とキミはほぼ同じ身長。かろうじて、僕が少し高い。

キミと中松の身長差は、ホットドッグの長さと等しかった。胸がちくりと痛んだ。

ホットドッグが残りひと口になると、それはキミと僕の身長差に等しかった。

くやしくて、すぐに口に放り込んでかんだ。

僕らはまた、目的もなくサイクリングコースを横並びでゆっくりと走ることにした。

僕は右、キミは左。

キミは中松の運転する車の助手席に乗ったことがあるのだろうか。きっとある。胸がちくりと痛んだ。

それなのに今、僕と自転車で並走している。

紛れもなくスケールダウン。

三月生まれの僕が免許を取得できるのは、大学生になってから。そもそも大学生になれるかもわからない。

中松は、それ以前の問題で、大学生になれる道に進めるかどうかすらわからない。胸がずーんと痛んだ。

中松への嫉妬と同情が並走していた僕は、キミと自転車で並走しているだけなのに涙が出てきた。

絶対に涙を見られたくない一心で、速度を上げてキミの前を走った。

そして、ベルを鳴らした。

キミは大笑いしながら、すぐにベルを鳴らし返してくれた。

「楽しいね」

後ろから、向かい風の音に勝つ大きな声で、キミが言った。続けてキミは、すごいことを言った。

「私と付き合ってくれない？」

耳を疑った僕は、自転車を止めた。

キミも隣に止まった。

自転車をまたいだままの僕とキミ。

「どこ行きたいの？」

「その付き合うじゃないよ。恋愛的な。え？　泣いてるの？」

ここで僕は余計なことを言ってしまった。

「だって、中松と別れたばっかじゃない？」

キミと中松が付き合っていた事実を、初めて口に出すと、胸がざわざわした。

瞬時にキミから目をそらそうとしたけど、堂々としている方が、失言と思われないと判断して、涙目でじっと見つめた。

するとキミは言った。

「黙れ！　幸せにしてやる」

僕の胸はじーっくりと熱くなった。

キザ男

同じクラスに、〈キザ男《お》〉という生徒がいる。

当然、キザ男はあだ名。

本名、山井《やまい》洋一《よういち》。どこにも〈キ〉〈ザ〉〈男〉がない。

ではなぜ、彼はキザ男と呼ばれているのか。

それは、キザだから。

高校一年とは思えないほどキザだ。

入学式の日、クラスでの自己紹介でキザ男はこう言った。

「これから一年間よろしくお願いします。大半の人とは、来年、再来年、クラスが別々になってしまいますが、そのときに廊下ですれ違っても気まずくならない関係を、この一年間で築けたら嬉しいです。あ、今日は空がとてもきれいですよ」

格別キザというわけではなかったが、個性的なあいさつが印象に残った。

キザ男は、女性の先生の小さな変化にも、すぐに気づける。

「髪切りましたね」や「今日の服、いいですね」と。授業が始まる直前にさらりと言えてしまうのだ。

それに対して、先生は反応に困り、男子たちは「キザ男〜」と声を上げる。

キザ男はクラスメイトの女子たちに対しても、「今日も教室を爽やかにしてくれてありがとう」や「世界一素敵な人たちに囲まれた僕は、宇宙一幸せだ」と、平気で伝えるのだ。

女子たちは「もうやめてよぉ」と少し顔を赤らめて、まんざらでもなさそうにする。

キザ男以外の男子たちは、そんな彼をうらやましく思い、また尊敬の念をこめて、いつものように「キザ男〜」と茶化《ちゃか》す。

これほどキザな奴は、日本の文化とは合わず、クラスメイトから、ああだこうだと陰口を叩《たた》かれそうだ。

でもキザ男は、クラスメイトからとても慕われていた。むしろ人気者だ。

キザ男は、サラサラな髪の毛をセンター分けにしているような奴ではない。

実はキザ男、丸刈りなのだ。きれいに刈られた頭。

さらに男子の中では、一番小柄。

そんな彼から、キザな言葉が発せられるものだから、意外性があった。

すぐに人気者になったキザ男。

クラスメイトたちは、しょっちゅうキザ男の丸刈りを触った。

男子だけではなく、女子もキザ男の丸刈りの頭をなでる。

キザ男は、女子から頭をなでられると、「ありがとう」と冷静に返し、顔色を変えないのだ。

対して、キザ男以外の男子たちは、女子の指先に触れようものなら、我を忘れそうになる。消しゴムの貸し借りで、指と指が触れ合っただけで、見事に赤面するのだ。全力でしれっとした顔にするも、顔色は調整できない。

そんな男子たちは女子がなでたあとのキザ男の頭を、寄ってたかってなでて、女子の手と間接的に触れ合うことを楽しんでいた。

やはり男子たちは、そんなキザ男をうらやましく思っていた。何より尊敬していた。

男子たちが女子にかける言葉はいつもつまらない。

「ダルい」

「ねむい」

「しんど」

キザ男が女子にかける言葉は様々。

「校庭のチューリップが咲いていたよ。チューリップって何種類の色があるんだろうね」

「風で少しだけなびくスカートの裾と、チャイムのリズムが合っていたよ。気づいてた？」

「近くで聞こえる笑い声より、遠くから聞こえてくる笑い声の方が好きなんだよな。どっちが好き？」

到底、他の男子たちには言えないことを、キザ男はいとも簡単に言えるのだ。

そもそもそんな言葉は、男子たちの頭の中にはない。むしろ、何もない。でも女子に話しかけたい気持ちが勝り、ダルくもないのに「ダルい」と、目が覚めているのに「ねむい」と、食欲旺盛なのに「しんど」と声を出してしまう。

結果的に女子は返事に困り、軽くうなずくだけ。

一方、キザ男に対して女子は、「山井くんはさー」と楽しそうに返事をしていた。

男子たちはそんなキザ男を直接的に褒めることすら下手で、ひたすらにキザ男の丸刈りの頭をなでて、「キザ男～」と間接的に称《たた》えた。困ったキザ男は「痛いよぉ」と口をとがらせた。

そして、事態は急変した。

キザ男が学校に来なくなった。

欠席が二週間続いたホームルームで、担任が締めのひと言で、「男子たちは残ってください」と言った。

女子たちが出ていくと、担任は口を開いた。

「山井くんの件です」

教室内が静まり返って、廊下で騒ぐ生徒たちの声が際立った。

「みなさん、前につめてください」

先生の指示で、男子たちは席を移動した。

「お気づきの通り、山井くんが学校を休んでいます。先日、家庭訪問をして、本人に事情を聞きました。男子のみなさんから、『キザ男』と呼ばれていること、そして、頭を強く触られることが、イヤだそうです。みなさん、心当たりはありますか？」

耳鳴りすらも他人に聞こえてしまいそうなほどに、教室内は静まり返った。

「みなさんの何気ない行動が誰かを傷つけています。先生は、みなさんが山井くんのことを、『キザ男』と呼んでいるのはわかっていました。でもそれに対して、山井くんが傷ついていることを気づけなかった。先生にも、落ち度があります。どうでしょうか？　今から山井くんに、謝りませんか？　もちろん部活動がある人もいると思います。でも今日を逃すと、一生後悔すると思います。いかがでしょうか？」

誰からともなく立ち上がった。

みんな、思っていることは同じだった。

本当にキザ男を慕っていたし、何より尊敬していた。

でもどこかで、キザ男に対して、くやしさもあったせいか、彼の頭をなでる手に、余計な力が入っていたのかもしれない。

「みなさん、謝りに行くのですね。……実はすでに山井くんと電話をつないでいました」

先生が、スマホを前に突き出しながら言った。

画面には〈山井くん〉と表示されていた。

驚きで出た個々の小さな吐息は、ひとつに合体し、スマホを通して彼に伝わっただろう。

十五人の男子たちは、〈山井くん〉という表示一点を見つめていた。

異様な光景だった。

先生の合図で、ひとりずつスマホに向かって、謝っていった。

ひと言で簡潔に述べる者もいれば、だらだらと長い時間をかけながら震える声で謝る者もいた。

十五人が言い終わると、先生が「山井くん、以上です」と伝え、山井が口を開いた。

「みんな、こちらこそごめん。今回のことは先生が提案してくれたんだ。『きっとみんなは謝ることを選ぶから、その瞬間だけでも、電話で聞いててほしい』と。本当にみんなが謝ってくれて嬉しかった。教室内で僕は、本当に普通のことを言っていたつもりなんだ。でも君たちにはそれがキザに思えたみたいだ。それがショックだった。ごめん」

スマホから流れる山井の声はいつもよりかたかった。

するると、ひとりの男子が言った。

「オレたち、本当に山井のことすごいと思ってた。でも、素直にそれが言えなくて。本当にごめん」

スマホから息があたる音がした。きっと山井が笑った。

男子十五人も自然と笑顔になった。

ここで山井は、いかにも彼らしい発言をした。

「僕、明日、学校行くから。ここで提案なんだけど、明日、みんな、自分が赤ちゃんのころの写真を持ってきてよ。それを教室の後ろに貼ろうよ」

男子たちは首を少しかしげた。

「僕の持論なんだけど、赤ちゃんだったときの写真を見て、その赤ちゃんを愛《いと》しく思えたら、それはその人に対して本物の愛があるっていう証拠なんだ。きっと、なんとも思っていない人の赤ちゃんのときの写真を見ても、なんとも思わないと思うよ」

男子たちは大きくうなずいた。


その日のうちに女子にも連絡が回り、翌日、教室の後ろには、クラス全員の赤ちゃんのときの写真が貼られた。

みんなはそれを眺めて、ああだこうだと笑い合った。
山井は男子たちに「頭触りなよ」と声をかけていた。

紅葉

「くれない、と、はっぱのは、を合わせた熟語なんて読む?」

「何、急に。こうよう、でしょ?」

「おれは、もみじ」


どっちでもいい。

昔からいつも思っていた。

幼稚園のカバン、赤色か黄色を選べた。恥ずかしくてほしい方が言えない、遠慮している、そんなことではない。本当にどっちでもいい。

「部活入るの?」

中学に入学してすぐ、小学校からの友達が聞いてきた。

「どっちでもいい」

「じゃ入ろうよ。同じ部活に入ろうよ」

ここで「どっちでもいい」と言ってしまうほど人間関係に不器用ではない。

「うん、入ろう」

「女子ソフトテニス部か英語部で迷ってるんだ」

両極端。それでも私はどっちでもいい。

「入部したい気持ちが少しでも強い方にしたら？」

鋭さのない助言をした。

「……ソフトテニスにする！　一緒に入ろう！」

顔を少し赤らめた友達の決断力がまぶしかった。

こうして私は女子ソフトテニス部に入部。

夏の強い日差しで、色白の顔は真っ赤になった。冬になると、元来の白さを取り戻す。また暑い日々に真っ赤になった私は、寒い日々がやってくるとまた白くなった。

中学最後の夏休み。力強い太陽は私をじりじりと焼いた。例年通り、顔は真っ赤。しかし冬になっても白い肌には戻らず、小麦色になった。地肌の白さはどこかに去った。白い肌と小麦色の肌。これさえも、どっちでもいい私。

高校入学。

ソフトテニスを続けるか続けないか。やはりどっちでもいい。

ただ運動部特有の私の日焼け具合から見抜かれて、ソフトテニス部の先輩たちに正門前で勧誘され、「どっちでもいいです」と返事をすると「じゃ、入ろっか」との声に、うなずくしかなかった。

男女混合のソフトテニス部。部員数も多く、それなりの強豪校。練習メニューは男女別々。ストレッチ、ミーティング、終わりのあいさつ、合宿などは男女混合だった。

そんなソフトテニス部で松野《まつの》くんに出会った。同じ学年でクラスは違う。

初めて松野くんを見たときの印象は「手ぶらの人」だった。

私の高校には伝統か流行か、制定カバンの主流の持ち方があった。ほとんどの生徒が制定カバンの調節ができる肩ひもを短くし、どちらかの肩にかけて持った。それによりテニス部員は、制定カバンに重なるように、ラケットを入れたケースを肩にかけていた。ひとつの肩にふたつのカバンが重なっている状態。

ただ、松野くんは違った。

どちらも肩ひもを長くして、どちらも同じようにななめがけにしていたのだ。正面から見ると、ひとつのカバンをななめがけしているよう。でも背中には、重なり合うふたつのカバンがある。制定カバンの上にラケットケース。

それにより両手を人よりもぶんぶんと振って歩いているように見える松野くんは、手ぶらみたいだった。

部室にやってくる松野くん。部活終わり、同学年のソフトテニス部の男子たちと正門に消えていく松野くん。

一歩踏み出すたびに、制定カバンの上でバウンドし、躍るようなラケットケース。さらに両手を振って歩く姿。松野くんは誰よりも楽しそうだった。

休み時間、廊下で本当に手ぶらの松野くんとすれ違うと、「うぃーす」と軽いあいさつをしてくれる。それに対して私はいつも「おぃーす」と変な返事をしていた。

もし私がソフトテニス部に入っていなかったら、素通りになるはずのふたり。

そんなふたりがソフトテニス部に入ったから、変なあいさつを交わす間柄になれた。


五泊六日の避暑地での夏合宿。

学校前に停まっている大型バスにソフトテニス部全員が乗り込む。部員たちはおよそ一週間分の荷物を大きなボストンバッグに詰め込み、肩にかけた。重さで体が傾く。

しかしなんとこの日も、松野くんは手ぶらの人になれたのだ。

ボストンバッグもラケットケースも同じようにななめがけ。ふくらんだボストンバッグに重なるラケットケースが、歩くたびに大荷物の上でバウンドしていた。

いつかラケットケースから飛び出していきそうなラケット。

それにつられて、私のラケットもラケットケースを飛び出し空に羽ばたいていく。

「は？」

バスの中で騒いでいる部員たちの声に紛れた自分の声に我に返る。

いつの間にか、ヘンテコな想像をしていた。空想の世界に私を連れていったのは松野くん。彼は私をおかしくしていた。

いつもの私みたいに、のらりくらりと歩んでいきたい。何事もどっちでもいいはずの私が、進みたい方向に、意思を持って指をさそうとしている。

指さす先は夏の海。隣には松野くん。

いやいやいや、行けるはずがない。だって私と松野くんはあいさつを交わす程度の関係性。ふたりで海だなんて、空想の世界。まずは会話をしないと……。しかしそれすら想像もできない時空を超えたパラレルワールドだ。もはやＳＦだ。科学的な空想だ！

「は？」

また声が出た。隣に座っていた部員がこちらを見てきた。

それに動じることなく私は、前方の座席にいる松野くんの少しだけ飛び出た頭頂部を眺めていた。

夏合宿は初日の旅行気分とは打って変わって地獄のようだった。体力があるのか、変わらないテンションの上級生。日に日に会話が減る下級生。

一年生は練習終わりに雑用があった。テニスコート五面の整備、道具の手入れ、洗濯、宿泊施設の掃除などなど。
最終日前日の夜。私は女子の洗濯担当だった。
汚れた練習着を放り込み、スイッチを押し、待つだけ。担当はひとり。
乾燥機つき洗濯機六台がコの字にあるランドリールーム。
男子の洗濯担当は松野くんだった。
「うぃーす」
声がかれて、頬と鼻筋が真っ赤に日焼けしていた。
「おぃーす」
いつもの変なあいさつ。
男女それぞれ三台ずつをフル稼働。洗濯が終われば乾燥機に移す。これを三セット。
コの字の中央でパイプ椅子を並べて、ただ待つ。会話はない。
洗濯機の中で洗われる衣服。水がぶつかる音。
目をつむれば海辺のよう。隣には松野くん。
一緒に海へ来た？　ここは海？　潮の香りはする？　鼻から息を大きく吸い込む。
洗濯洗剤の香りと乾燥機の緩い熱気。残念。ここはランドリールーム。
隣のパイプ椅子がきしむ音。
「おれ、声かれてる？」

「うん。かれてる。顔は真っ赤」

私は小さく笑った。

「あのさー、くれない、と、はっぱのは、を合わせた熟語なんて読む？」

「何、急に。こうよう、でしょ？」

「おれは、もみじ」

「どっちでもいいよ」

本当はどっちでもいい、とは思わなかった。絶対に「もみじ」がいい。

「あのさー、知ってた？」

「何を？」

「おれさー、ある日、気づいたんだけどさー、ソフトテニス部員の中でさー、制服のとき制定カバンとラケットケース、どっちもななめがけしてる人っておれらだけって。『おれと同じ持ち方の人がいる！』ってびっくりした。だからこの合宿の大荷物も、張り切ってダブルななめがけしたんだぞ。それなのに、おれだけだったたじゃん」

こっそりと松野くんの持ち方を真似《まね》していた私。

洗濯機に表示されている残り時間を見て、返事をごまかした。

「……あのさー、さっき声がかれてるとか、顔が真っ赤とかで、もみじを連想したんだよな。あのさ、秋になったらさ、そういうスポット行って看板とかポスター見てさ、〈紅葉〉って漢字を見つけてさ、もしそこにふりがながふってあったらさ、〈もみじ〉か〈こうよう〉のどっちが多いか調べに行かない？」

変な誘い方。でもなんかクール。

どうする私。行く？　行かない？

どっちでもいい。はずがない。

恋人ごっこ

恋人ができたら、したいこと。

公園で待ち合わせをしたい。そして、歩いて駅に向かい、彼を見上げて話しかけたい。駅に着き、先に改札を抜ける彼は、私が隣の改札を抜けていると思い込み話し続けるが、横を見ると誰もいない。私は彼と同じ改札を通り、真後ろにいるのだ。

こんなことがしたい。

電車の中で向かい合って座りながらLINEをしたい。はたから見れば他人。実は恋人同士。彼の隣が空き、私はそこに移動する。しかし、そこを狙っていたおば様がいて、一瞬の譲り合い。おば様が「あ、私はこっちへ」と、私が座っていたところに座り、彼の横を譲ってもらいたい。

電車で寝てしまった私は、右隣の他人の肩に頭を倒してしまう。すると彼が私をトントンと叩《たた》いて、自分の右肩を低くする。私はそこに頭をのせたい。

目的の駅に着いたら慌てて、彼が私を起こす。急いでホームに降り立つも、違う駅。急いで電車に戻ると、私たちが座っていた席には別の人が座っていて、ドア前に立ち、動き出す景色を見ながらこっそりと笑い合いたい。

今度こそ目的の駅に着き、彼が「よし、行こう」と目当ての場所に行こうとするも、私が、「えー、色々なところに寄ってから、そこに行こうよ」と駄々をこねたい。

適当に入る雑貨屋さん。彼が退屈そうにしている。私が、タオルを引っかける猿の置物を見せると、退屈そうな彼の目が輝く。彼も負けじと魅力ある雑貨を探し、私に見せてくる。そこで私は、「それ見たことある」と言いたい。

歩きながらどちらからともなく「のど、渇いたね」と言って、「カフェに入るほどでもない」と同じ価値観を共有して、自動販売機でふたりで一本のミルクティーを買って分け合いたい。

公園にある、縦に三人乗れるオレンジ色の犬の遊具を見つけて、真ん中を空けて前と後ろに座る。どちらが前でもいい。ゆらゆらと前後に揺れながら突然私は、「いつの日か、真ん中に私たちの子どもが座るかもね」と言って、彼を困らせたい。焦る彼は両手を上げて「やったー!」と変な返事をする。私はその背中を眺めたい。やはり、彼が前で私が後ろがいい。

ほんの数分で飽きる遊具。私が「子どものころは永遠に遊べたのにね」と寂しそうにつぶやくと、彼が「〇〇〇〇〇」と名言をさりげなく発する。例えば「大人になると別のことが楽しくなる」とか、「これが大人になるってこと」とか、「そんな子どもだったメグが高校生になって、おれと出会ったわけか」とか。こんなキザな彼は嫌だ。名言はいらない。「そうだね」と同じように寂しそうにして、そっと手をつないでほしい。

いよいよ目当ての場所へ。海沿いのカレー屋さん。隠れた名店だから、お客さんは私たちだけ。……そんな店は嫌。すごい行列で人気店。名店は隠れられない。それが私の持論。そこで三十分も並ぶ。

十分すぎたころに、事前にメニュー表を渡される。即決して、後ろのお客さんにメニュー表を回す。さらに十分たったころに迷い始める。でもメニュー表はない。店の入り口横にサンプルがある。それを遠目で見て、「見えない」と言うと、「視力は？」と質問される。視力を知っているほどの間柄ではない。どれだけ付き合いが長くなっても、相手の視力まではきっと覚えられないと思う。

ようやく行列の先頭にたどり着き、サンプルを見て、改めて決める。彼が「ファイナルアンサー？」とふざけて、私が「つまんねぇ」と返す。これはいつもの流れ。

店内に案内され、ホッと一息。ふと、ここで気がつく。駅から直接、このカレー屋さんに向かっていれば、もう少し行列が短かったのでは？　でも彼は並んでいる最中に一度も

「雑貨屋さんとか公園、寄るべきではなかったな」とは言っていない。

そして、さらに気がつく。海の音は一度も聞いていない。私たちの会話にかき消された波の音。地球が発する音に、私と彼の声が勝りたい。

やはりおいしいカレー。名店は隠れられない。自分の持論に自信を持つ。


店を出て、初めて海の音を聞く。「砂浜行く？」という彼の誘いに身を任せる。夕日を見て、「もうそんな時間？」とそれぞれ時計を見る。彼の時計は十六時四十五分。私の時計は十六時四十八分。三分の誤差を楽しむふたり。「待ち合わせをしたのが十二時半だから……」と計算を始める彼は、最後に、「案外、公園の滞在時間が長かったな。家の近くの公園でもできたな」と笑う。

「日の入り、見て行こっか」と言うと、うなずく彼。意外となかなか沈まない夕日。「もう帰ろっか」と、どちらかの提案。言われた側は異論なし。駅に向かうふたりの背中に夕日を感じたい。

帰りの電車では彼が寝る。首は前にうなだれている。「私の肩に頭をのせてよ」と心の中で思いたい。

駅に帰ってきて、待ち合わせをした公園に戻る。「これからどうする？」とベンチに座って長話をしたい。でも、それぞれ晩ごはんまでには家に帰らないといけないから、意外とあっさりと「じゃっ」と言ってそれぞれの方向に別れたい。

遠のく彼を何度か振り返って見るも、こちらを全く見てこない。それでいい。それがいい。明日、学校で「私、昨日、何回も振り返って見てたんだけどー」と、すねるために。

家に帰って、お母さんに「どうだった？」って聞かれて「別に」と答えたい。

お母さんに「『別に』とか言ってるくせにニヤけてるじゃん」と言われたい。

遅めの昼ごはんのカレーでお腹はそんなに空いていないけど、お母さんのご飯でお腹いっぱいになりたい。


男女が付き合う、ということを意識し始めた中学生のころから、このような妄想をたくさんした。あんなことやこんなことに憧れ、あれこれと考えた。

そして私は、高校一年のときに初めて恋人ができた。

すかさず今まで溜《た》めこんでいた妄想を実現しようとしたのだ。公園で待ち合わせをしたのだ。彼を見上げて話しかけたのだ。

いわば実写化した――。にもかかわらず物足りなかった。

しょせん私は第三者目線で、見ず知らずのペアを眺めて、妄想をふくらませていたにすぎない。そして、そんなペアのひとりになっている自分に憧れた。

しかしいざ自分が〈彼女〉の立場になっても、私の目に見える景色は彼だけ。私と彼を第三者目線、遠目で見ることはできなかった。

よって現実は、妄想よりはるかにしぼんでいた。

そのせいで長続きはしなかった。

そしてまた新たな妄想をした。

運良く、高校二年のときも三年のときもそれぞれに彼ができたが、やはり物足りなかった。学年がひとつ上がるごとに、妄想は色濃くなり、現実は色あせていったのだった。

友達にも言われた。

「メグは恋愛を眺めるのが好きなんだよ。『彼氏欲しいー』って思いすぎ。少女漫画、読みすぎじゃない？」

今まで妄想していた恋人の顔はのっぺらぼう。ただの〈彼〉でしかなかった。

〈現実にできる彼〉は、妄想を叶《かな》えるための道具でしかなかった。要は〈恋人ごっこ〉だ。

しかし今、私は、大きな変化を遂げている。

なんと、私の妄想の彼の顔が具体的に現れている。

これまでは「彼氏ができたら〇〇したい」という妄想だったが、これからは「あの人と〇〇したい」という妄想。

つまり、「彼氏欲しいー」と嘆いているときはただの〈恋人ごっこ〉で、あの人との独創的な想像しかできない私は「本気じゃん」ということです。

それでは今から、あの人との独創的な想像の世界に浸ります。
独創を独走。
いずれ並走。あの人と。

無言で捨てない私のルール

公園の静かな池。

その周りにあるいくつものベンチのひとつにぼんやりと座っていた私は、別のベンチにいる男女を見て、アイツとの写真を捨てていないことを思い出した。

私にはルールがある。それは、歯ブラシを交換するとき、使い古した歯ブラシに「ありがとうございました」と声をかけながら捨てること。それは、昔、親に「お礼を言いながら捨てなさい。歯をキレイにしてもらったんだから」と叱られたことがあったから。

それ以来、例えば本なら「おもしろかったです」や「タメになりました」と、あんまり着なかった服には「ごめんね」とひと言を添えて、捨てる。

これは大学一年になった今でも続いていて、思い入れがあるものを捨てるときは何かぴったりの言葉を探す。それだけで、捨てるという行為が正当化される気がした。でも、さすがに飴玉《あめだま》の包み紙を捨てるときは無言である。

こんな私は、アイツとの写真になんと言葉をかけて捨てればいいのだろうか。

唯一、現像した一枚の写真。

アイツと別れてから、しばらくしたある日、「あ！　そうだ！」と忘れていた作業のようにスマホに残っていたアイツとの画像をすべて削除した。

実際に形として残った一枚の写真は、かける言葉が見つからずそのままにしていた。現状、手帳の中にまだある。決して、アイツを引きずっているわけではない。飴玉の包み紙のように、写真をポイッと捨てられる心ない人間になりたくないだけだ。

前者は、削除のボタンを押すのみ。なんの音も立てずにすべてが消える。当然スマホの〈画像を消す〉と〈写真を捨てる〉は大きく違う。

重さも変わらない。

後者は、写真をゴミ箱に投げ捨てなければならない。手にあった感覚が消え、ゴミ箱の内側にかすりながら、底に落ちる音が聞こえてくる。また、捨てられた写真の上に生ゴミを捨てる罪悪感もある。

そんなモヤモヤを消し去れる、最上の言葉はあるのだろうか。

カバンから手帳を出し、あの写真を抜き取った。久しぶりに見る写真。

大学に入学してすぐ、サークル探しで参加した、他校を交えた大規模な新入生歓迎会にアイツはいた。二学年上の他校の先輩。その席で、アイツの顔が大きいと話題になった。「そんなことないよ」と言い張るアイツに、「じゃ誰かと並んでみろよ」と誰かが言って、私が任命された。

私の顔の横にアイツの顔が並んだ。

周りのみんなが「やっぱり、デカいねぇ」と、はしゃいだ。

私はアイツの顔の大きさを確かめるつもりで横を向いた。アイツの横顔が見られると想定していたが、目に飛び込んできたのは、真正面の顔だった。同じ考えのもと、同じ行動をしてしまった私たち。

目の前にある顔。視界を埋め尽くす顔。それに焦点を合わせると寄り目になってしまうことに戸惑いながら、すぐに前を向いて顔を離した。

「おれそんなにデカい？　じゃ写真撮って確認させてよ」

あきらめの悪いアイツ。

向かいに座っていたスマホを構えた人の指示に従って、顔を再び近づけると、私の心の中に、小さな噴水が建設されていた。弱々しく上がる水は、せせらぎよりも大きく、海辺の波よりも小さな音を立てていた。

撮った写真を見たアイツが「ってか、この子が、小さいのでは⁉」と私を指さすと、誰かが「言い訳すんなよー」と咎《とが》めて、笑いが起きた。

一方の私は「この子」と呼ばれ、名前を言ってもらえなかったことで、心の噴水が海辺の波よりも大きく、荒波に近い音を立てて、ふき上がっていたのだった。

こんなふたりが数週間後には付き合うことになったのだから、恋愛とは不思議なものだ。

「あの写真、現像しない？」

アイツの提案で、家電量販店のカメラ売り場の端にある機械で二枚現像した。

「おれたちの初めての写真。それぞれ持っとこ」

嬉《うれ》しそうなアイツが、嬉しそうな私に写真を渡した。

あのとき、この写真がゴミになるなんて思いもしなかった。

私たちは大学が別々で、会う頻度は低かった。

そのうえ、アイツは飲み会を優先した。

最初のころは「はーい」と少しだけすねていることをアピールしながら、無愛想な返事をしていた。徐々に、「行かないで」とあからさまにアイツを引き止めた。

私はわがままを言っているつもりは一切なかった。だって、大学が終わった夕方から会う約束をしていて、待ち合わせ場所で「今日、夜から飲み会あるから、それまで」と告げられた。

「うそでしょ？」

「ほんとだよ。夜七時からなんだ」

「今日一緒にご飯食べるんじゃなかったの?」

「そんな約束したっけ?」

「夕方から会うってことは、そういうことじゃん」

「そんなの言わないとわからないよ」

こんなことが度々あって、私は何度も機嫌を悪くした。

アイツは、私への傾向と対策で、飲み会のスケジュールを早めに伝えてくるようになった。しかしアイツが飲み会に参加すること自体に、拒絶反応を示すようになっていた私。

「友達との付き合いも大事なんだよ」

こんな言い分に対して、自分の感情を説明できなかった。

ただただ、嫌だったのだ。

駅の改札口でアイツを見送る私は泣いてしまった。涙と汗で、髪の毛が頬にくっついて不快だった。それを見たアイツがTシャツの袖で汗をぬぐいながら、「めんどくせぇな」と声を漏らした。

その数分後には別れることになったのだから、やはり恋愛とは不思議で変なものだ。

「もう別れる」と泣く私に、アイツが「わかったよ」と返事した。これが最後のやり取りだった。

突然、水の音。公園の日常音がすべてかき消された。

目の前の池が何かに変身しそう。離れたベンチにいる男女も池に目を向けていた。

正体は噴水。目の前の池は、ただの池ではなく、噴水がある池だった。

ベンチにいた男がスマホを構えて、噴水を背景に女を撮ろうとした。

しかし、水を循環させるためだけだったのか、噴水はすぐに止まった。

男女が笑い合った。

揺れる水面。広がる波紋。

ひとつの輪っかだけを目で追いかけた。どんどん大きくなっていく反面、ぼやけていく。

そして池のふちにあたり、はね返り、池の中心に向かって戻っていくが、新たにやってくる輪っかとぶつかって、あやふやになった。それを何度も何度も繰り返した水面は、ようやく動きを止めた。

「お待たせー。早いね」

とっさに持っていた写真をコートのポケットに入れた。

待ち合わせ場所に現れた同じ大学の男子。数日前、「ふたりで出かけよう」と誘われた。

「全然待ってないよー」

「今日は丸々、楽しもうな」

こんなささいなひと言がやたら嬉しいのは、ある意味アイツのおかげか。

立ち上がった私は、ポケットの中で写真をくしゃっと丸めた。

「ありがとう」

ベンチの横にあったゴミ箱にあの写真を投げ捨てた。

「いやいや、感謝されることじゃないよ」

再び、池の噴水がふき上がった。さっきよりも高く。

結束力

シャッター音が部室にむなしく響いた。

写真部の僕は常に被写体を探している。

放課後の廊下、個々のロッカー、校舎の老朽化、などなどを見つけては、シャッターを切る。そして、現像。

昼休み、誰もいない部室で、古びた天井を撮った。そして昨日現像した、自分が撮った写真を眺めていた。

自分が撮ったものとは思えない。

それは、あまりにも美しい写真だからというポジティブな思考ではない。個性がなく誰でも撮れる、どこかで見たことがあるような写真だから、という情けない感想だった。しょせん、僕の写真は誰かの真似事のようだった。

写真部の部員は十人。

活動は月に一度の品評会。一か月間、自由に写真を撮って、渾身《こんしん》の一枚を選ぶ。そして月末、部員の前でタイトルを発表し、その写真についての思いを語る。

それぞれの十枚の写真は、翌月初めに校舎の入り口すぐの掲示板に、タイトルとともに匿名で貼り出される。その前には投票箱と用紙があり、生徒たちが自由に気に入った一枚に投票できる。期間は一週間。投票数によって優秀賞が決まり、負けた九枚は剝がされ、一枚の写真だけが居座る。そして撮影者の名前が書かれた紙が新たに貼られる。

その掲示板には、美術部のスペースもあり、同じように投票が行われる。美術部の方がやや部員が多く、優秀賞をとるのはより難しくなる。月末まで、優秀賞に輝いた写真と絵が堂々とそこにきらめくのだ。

地味な活動のようで、案外、生徒たちは掲示板に貼り出される数々の写真と絵を楽しみにしている。自由投票にもかかわらず、毎回、全校生徒の半数以上が写真と絵、それぞれの投票に参加している。僕の結果はいつも不甲斐《ふがい》ない。先輩はよく「まだ高一だしな」と慰めてくれるが、写真に学年は関係ない。

先月の作品は自信があった。初めて、誰の真似もしていないという手応えを感じた。

下校中に見つけた風景。

手をつないで前を歩くおばあちゃんとランドセルを背負った低学年の女児。その後ろ姿を撮ろうとしたが、これもまた見たことがあるような写真に思えて、カメラを構えるのをやめた。しかしよく見ると、手のつなぎ方が一風変わっていた。

丸まったおばあちゃんの手を女児の小さな手が、覆うように持っていた。シワだらけの手を果敢に包み込もうとしている、シワひとつない手。すぐにカメラを構え直して、ズームで手元だけを収めた。

タイトルは〈祖母を守る孫〉。

品評会では、その様子を端的に説明した。部員からの評判もよかった。しかし結果は六位。よりによって優秀賞は一年生だった。ついに、自分と同じ一年生から優秀賞をとる者が現れてしまった。

彼の作品は朝礼台の錆《さ》び付いた骨組みを撮ったもの。タイトルは〈校長先生を支える力がないです。お話は短めで〉。ユーモアが共感を呼び、圧倒的な票数だった。

実のところ、品評会で彼の作品を見たときに敗北を感じていた。同時に自分の作品の欠点がわかった。

僕の写真は格好をつけているだけである。いわゆる、カメラマンごっこをしているにすぎない。カッコイイ一枚が撮れそう、この画角はオシャレかも、という下心がシャッターを切らせている。

僕には、彼のようなユーモアがない。ならば、写真というものが存在している根本をたどるしかない。この瞬間を残しておきたい！　ということだ。この衝動で、シャッターを切るしかないのだ。僕は、この衝動が訪れるまではシャッターを切らない！　と決意した。

その途端、首にぶら下がっているカメラは退屈そうにして、重みを感じさせた。

そもそも僕には芸術的センスがないのだろう。

きっと見る目もないのだ。だって毎月、美術部の作品にも投票しているが、僕が気に入った作品は優秀賞をとったことがない。

今月の〈青い線〉は特に好きだった。

キャンバスの右端にゆらゆらと青い線が縦に一本。残りのスペースに大きく描かれていたのは、左の手のひら。その人さし指の先には青い絵の具がついていて、その指でこの青い線を描いたことがわかった。きっと、指先に絵の具をつけてから手のひらをデッサンし、終えてから、キャンバスの右端に線を引いたのだろう。作品のメッセージはわからないが、構図と発想が好きだった。しかし、優秀賞の発表とともに剝がされてしまった。

「はぁ」

ひとりっきりの部室でため息をついた。

窓から見える電線に等間隔で雀《すずめ》がたくさんとまっていた。窓を開けて、そこにカメラを向けて、大きな声を出せば、同時にたくさんの雀が飛び立つ瞬間を収められると思った。でもこれもやはり、カメラマンごっこ。この瞬間をよく撮れたね、と褒められたいだけだ。

再び、大げさなため息をついて、部室を出て、部室棟の廊下を歩いた。

並びにある美術部の部室の扉が開いていた。

音が鳴った方を見てしまうような感覚で、自然とのぞきこむと、名前は知らないが顔は見たことがある女子がひとりで〈青い線〉を眺めていた。

「あっ」

僕の声に反応した彼女がこちらを向いた。

「〈青い線〉の人？」

「え？」

「あ、僕、写真部の一年。今月、〈青い線〉に投票したんだ」

許可なく部室に踏み込んだ。

「あっ、ありがとう。嬉《うれ》しい。あっ、私も一年。〈青い線〉、自信あったのにダメだった。結局、優秀賞をとれないまま二年になりそう」

彼女の左右に分けたお下げ髪が鎖骨辺りで同じように揺れた。

「とってもよかったよ！　僕に言われても嬉しくないかもだけど。僕もいまだに優秀賞とれなくて……」

声が徐々に小さくなった。

「先月はどの写真を出したの？　もし違っていたらごめんなんだけど、私が投票したのは、優しくて大好きだった写真。タイトルは、〈祖母をま……」

「ちょっと待って！　信じられない！　それ僕！〈祖母を守る孫〉、だよね？」

彼女がうなずいた。また、お下げ髪が同じように動いた。

「あのさ！　今月は絶対に優秀賞をとろうよ！　ふたりで！　ごめん！　声大きすぎるよね⁉」

たくさんの雀が飛んでいくのが見えた。

彼女が笑いながらうなずくと、お下げ髪が左右で違う動きをした。


月末の品評会。

僕は、かつてないほどの自信を持って発表した。

「今回の僕の写真はこれです。タイトルは〈結束～撮る、描かれる～〉です。写っているのは同学年の美術部の女子です。彼女が僕を描いてくれている様子を撮りました。もしかすると僕は、彼女が好きなのかもしれません」

部員たちが「おぉー」と笑った。

前回、優秀賞をとった同学年の部員の写真は、再びユーモアにあふれていた。

タイトルは〈日に日に遠のく写真〉。

なんと、先月の優秀賞である〈校長先生を支える力がないです。お話は短めで〉の朝礼台の写真を机に置き、それを撮影し、その写真をまた机に置き、撮影し、それを二十八回も繰り返した作品。つまり、写真の中の写真の中の写真の……を一か月分。よく見ると、真ん中に小さく朝礼台が見える。さらにこだわりを感じさせたのは、すべて右下に日付がしっかりと入っているということ。「実は最初からこれをしたくて、先月の写真を撮りました。今月の最初から毎日撮って現像して」と屈託のない笑顔で言った。

素直に僕は、彼の作品が好きだった。

翌日から掲示板に全作品が展示され、投票が始まった。期間は一週間。

今回も全校生徒の半数にのぼる投票数だった。

結果が出たその日の放課後、僕と彼女は掲示板の前に並んで、優秀賞に選ばれた写真と絵を眺めていた。

彼女は僕の写真の〈結束〜撮る、描かれる〜〉の前に、僕は彼女の絵の〈結束〜描く、撮られる〜〉の前に立っていた。

「この状況、少女漫画みたいだね」

「読んだことないからわからないや」

僕の返事に彼女が小さく笑った。すかさず僕は、笑った横顔をカメラに収めた。

「ズルいなー。絵はすぐに描けないもん」

「僕、〈日に日に遠のく写真〉もすごく好きだったんだ」

「うん。よかった。でもパッと見ただけじゃ、細かくて見えないんだよね」

「芸術って難しい。傾向と対策で来月のアイツの写真はすごそう。負けてられない。次はもう二年か」

「二年になったら同じクラスだったらいいね」

再びカメラを彼女に向けて、返事の代わりにシャッター音を鳴らした。

密室恋愛事件

好きな人は……この中にいる！

チャイムが鳴り終わるまでに、生徒たちは自分の席につかなければならない。
一方、先生は、その後しばらくしてから教室に入ってくる。
明らかに不平等。
そもそも生徒たちは、この高校にお金を払っている。
対して先生たちは、給与をもらっている。
生徒たちは叱られることはあっても、叱ることはない。
先生たちは叱られないが、叱る。
不平等というよりも、おかしな空間。矛盾。
本来、お金を支払った側は立場的に優位なはずである。しかしここでは、〈教育〉という言葉にだまされて、このようなおかしな空間が成立してしまうのだ。

〈倫理〉の先生が教室の扉を開けて入ってきた。三十代前半の先生は、今日も姿勢がまっすぐだ。

休み時間の名残《なごり》で生徒たちの話し声はまだある。

先生が扉を必要以上の力を込めて閉めると、大きな音が響いた。

それが合図のように生徒たちの話し声は消え、制服が擦《こす》れる音だけがした。さらに先生が教卓に教科書を置くと、念押しのように音が立った。

密室の完成だ。

私たちはこの教室から出ていくことができない。

施錠された密室よりも、施錠されずに成立する密室の方が恐怖。

やはりこの恐怖のせいだろうか？

いわゆる〈吊り橋《つりばし》効果〉と言われている心理状況なのか？

不安や恐怖によって感じたドキドキを、恋愛のドキドキと勘違いしてしまっているのだろうか？

先生は〈倫理〉の授業を進めている。

私にしてみれば、最も意味不明な授業。身につく感覚がない。

しかし、数学や英語では居眠りをしているような何人かの男子たちが、この〈倫理〉のときだけは生き生きとするのだ。

そして私はこの授業に限って、その男子たちに心を奪われる。

「えー、みなさん、『アキレスと亀』という話を知っているだろうか？　簡潔に言うと、足の速いアキレスという男と、足の遅い亀が競走をするお話。ルールは簡単、アキレスが亀を追い抜いた時点でアキレスの勝ち。ハンデとして亀は百メートル先からスタートします。みなさん、これ、絶対にアキレスが勝つと思いますよね？　でもね、哲学者のゼノンは、アキレスは永遠に亀を追い抜けないと言ったのです。理由は、スタートして、アキレスが亀のいた地点に着いたときには、亀もわずかに進んでいる。再びアキレスが亀のいた地点に着いたときに、亀はまたわずかに進んでいる。これを繰り返すので、アキレスは亀を永遠に追い抜くことができないとのこと。これに対して、意見がある人は？」

阿川《あがわ》くんが手を挙げた。

「絶対にアキレスが勝てると思います」

「なんで？」

笑顔で首をかしげる先生が少し不気味だ。

「なんでと言われても……だって、アキレスが足が速いんだったら亀を追い抜けるでしょ。リレーでも、アンカーが速いと、二位でバトンをもらって、前を走るアンカーを抜けば、一位になったりするじゃないですか。それと同じです」

英語の授業中、起きているのを見たことがない阿川くん。子供が駄々をこねるように、でも自分の意見を慎重に述べた。

そんな阿川くんに先生は容赦ない。

「では、そのアンカーが二位でバトンを受け取ったとき、一位のアンカーがいた地点をAとしましょう。すると、その二位のアンカーが、Aに着いたとき、Aにいたアンカーはすでに A より前に進んでB地点にいるのです。またその二位のアンカーがBに着いたときには、すでに前を走るアンカーはCにいるのです。つまり、永遠に一位になれないよね。抜けないよね」

「だから前を走るアンカーより、足が速いから、追い抜けるんですよ」

「なんで？」

「『なんで？』って言われてもなー。足が速いからとしか言えないです……リレーでそんな場面、何回も見てきたしな」

阿川くんは口ごもりながら、それ以上の反論をやめて、着席した。

サッカー部の菊島《きくしま》くんが手を挙げた。休み時間は騒がしい。授業中はおとなしい。そんな奴。

「僕もアキレスが勝てると思います」

「なんで？」

やはり笑顔の先生。

「勝てるんっすよ。これ、理由いらないんっすよ。単純にアキレスの方が足が速いから、いずれ追い抜けるんっすよ」

「あれ？　菊島くんが今言ったことは矛盾しているな。だって、『理由いらないんっすよ』って言ったよね？　でも、『アキレスの方が足が速いから』っていう理由を言ったよね？」

「いや、違うんっすよー。とにかく理由はなしでアキレスは勝つんっすよ」

意地を張っているだけのように見える菊島くん。

「菊島くんはサッカー部だろ？　試合で勝ったとき、何かしらの理由があって勝つだろ？　理由なしでは勝てないよね？　例えば、戦略がよかったとか、たくさん練習したとか。必ず理由はあるんだよ」

「理由というか、強いから勝つんっすよ」

菊島くんが納得いかない様子で着席した。

ここで、暦本《れきもと》くんが手を挙げた。

授業中、机の下でこっそりと漫画を読んでいるいつもの暦本くんとは大違い。

「これはただの屁理屈《へりくつ》だと思います。そんなこと言い出したらキリがありません」

強気な暦本くん。

「では例えば、暦本くん、『僕は嘘《うそ》つきです』と言ってください」

「……僕は嘘つきです」

「つまり、暦本くんは嘘つき、ということになるよね？」

「……はい」

「でも暦本くんが嘘つきなら、『僕は嘘つきです』という発言自体が嘘になる。つまり、暦本くんは正直者。ということは、『僕は嘘つきです』が真実になり、暦本くんはやはり嘘つきになる。ということは、『僕は嘘つきです』がやっぱり嘘になり、暦本くんは正直者になる。……この永遠の解釈というか、矛盾を、論理学または哲学で、パラドックスという。暦本くんは、これだけ理屈が通っている考えを、屁理屈だと思うかい？」

「いや、思わないです。負けました」

暦本くんは先生に勝とうとしていたことがわかり、少し笑ってしまった。

「正直、先生もアキレスが勝つと思う。でも、結論だけを否定してもダメなんです。ゼノンの説明のどこが間違っているのかを説明することが大切なんです。正直これは、とても難題。明らかに間違っているということはわかるのに、どこが間違っているかを説明するのが、学者でも苦労するほど難しいのです」

斜め前に座る須磨山《すまやま》くんが、ノートに何かを書き込んでいる。

授業中はいつも教科書やノートに落書きをしている。でも〈倫理〉のときだけは別。アキレスと亀が走る様子を図面にして、追い抜けるかどうかを検証している。仮の時速を設定して、計算までしている様子。そして何度も頭を掻《か》いている。

学者でも苦労する考えを、解こうとする須磨山くんを微笑《ほほえ》ましく眺めた。


私の好きな人は……この中にいる！　しかし一体、誰のことが好きなのか？

好きな人がいるということはわかります。本当に胸が熱くなっていますから。

そもそも〈この中〉の範囲はどこ？　今、名前を挙げた四人？

いいえ、〈この中〉というのは、教室内を示しているのかもしれません。

そうなると、他にまだまだ男子はいる。さっきは〈この授業に限って、その男子たちに心を奪われる〉と証言したよね？

勘違いしないでください。心を奪われる、イコール好き、とは限らないのです。

では同じ空間に好きな人がいるから、胸が熱くなると仮定しよう。ならば、一人一人男子たちの顔を見て、胸が熱くなった瞬間に視線の先にいる人が、好きな人である、ということになるのでは？

いやいや、好きな人がこの空間にいるという時点で、私の胸は常に熱いのです。

ならば、常に胸が熱い状態で一人一人男子たちの顔を見ていき、さらに胸が熱くなったとき、答えはわかるのでは？

なるほど。
では今から男子たちを一人一人見ていくことにします。
「おい、平澤《ひらさわ》。何をきょろきょろしているんだ」
先生と目が合いました。
おやおや。
私の胸は急激に熱くなったのであります。

告白する勇気、小なり、返事する勇気

初めて彼氏ができそうです。

私の名前は吉仲羽澄《よしなかはずみ》。大学三年。

真横にいる男の子は日阪走《ひさかかける》。同い年。同じゼミ。

大学の帰りに何度か、ふたりで食事をしました。

回数を重ねるごとに、心の中は「うっしゃっしゃっ」と浮かれていきました。

告白しようかなって考えると、「無理無理無理無理！」って暴れたくなるし、告白されるかなって贅沢《ぜいたく》なことを考えると「うっしゃっしゃっ」と両肩が上下します。

そして今日、食事後、いつもなら駅前でバイバイだけど、走が「羽澄、あのさ、ちょっとだけ公園で話さない？」とぎこちなく言ってきました。

「わぁっわぁっわぁっぎゃっ！」って気持ちを抑え込んで平然とうなずくと、「じゃ行こうか」と公園まで歩いて、ベンチに座りました。その間、会話はありませんでした。

「羽澄、あのさー、何回かご飯行ったじゃん?」

「うん」

「いや、その、羽澄と一緒にいると楽しいなーって」

今まで男性に告白されたことなんてありません。でもわかります。これは告白の前兆です。走は勇気を振り絞って言ってくれています。私、初めて彼氏ができそうです。「ヤバ――イ、ヤバ――――イ、ヤバ――――イ」と顔が伸びそうになるので、気を引き締めます。

「ありがとう」

冷静にお礼を言うことしかできません。

「なんていうのかなー。羽澄はどうなのかな?」

「走といると楽しいよ」

「よかったー」

私たちはまだ付き合っていません。でも心中は「まじまじまじまじまじまじぐぅあ――――お――――ぱららー」と騒がしいです。

「…………」

「…………」

十秒の沈黙は十二月の寒さを思い出させてくれました。

「羽澄とさー、またいつでも会ったり、遊べたり、ご飯に行けたらいいなーって」

「それは私も思うよ」

「ほんと？　嬉《うれ》しいなー。やっぱりなんか気が合うもん」

「うん」

私たちはまだ付き合ってはいません。「うわぁうわぁうわぁうわぁ最高最高お前最高」と声に出したくなるのを我慢します。

「あのさー、おれさ、羽澄のことが好き」

「えっ……ありがとう」

ついに言われました。「好き」と言われてしまいました。泣きながら「わだじもずぅぎ――」と言いたいけど、実際はお礼しか言えません。このあと、私はどうすればいいのでしょうか？　なんと言えばいいのでしょうか？

「…………」

「…………」

十秒の沈黙は、公園の砂利の音を響かせました。「足を動かしたのは誰だ⁉　走か⁉」と思ったら私でした。

「……あのー、羽澄はどうなのかなって？」

「えっ……」

「ずぅぎにきまってんじゃ――ん」と抱きつきながら言いたいところですが、そんなはしたないことはできません。

あのー、走さん。理想としてはですねー、私が「うん」と返事をするだけで付き合うことになるようなお言葉が欲しいのですが……。私に決定的な言葉を言わせないでください。理由はひとつ。恥ずかしいのです。

「羽澄がどう思うか次第だし、いや、その、おれは羽澄が好きで。また言ってしまった」

その一回、私に分けてください。恥ずかしくて言えません。

走さん、提案です。「僕と付き合ってください」と言っていただけませんか？　そうすると私はうなずくだけでいいのです。そうすると付き合えます。私は走さんと付き合いたいのです。

今のままだと、私が「私も好き」と発しないといけません。口が裂けても言えません。理由はひとつ。異常なまでに恥ずかしいのです。

「羽澄はおれといて楽しいって思ってくれてる？」

「うん」

「……じゃ、どうかな？」

「え？」

「いや、その、羽澄はどうなのかなって」

「……嬉しい」

「何が？」

「そのー、いや、走が言ってくれて」

「よかったー。じゃ、羽澄的にはどうかな？」

「そりゃまたご飯とか行きたいよ」

「……うん、よかった」

「うん」

私は脳内で「んもんもんもんもんもんもんもんもんも」とじたばたしています。

あのー、走さん！　告白するのには勇気がいります！　走さんは勇気を振り絞ってくれました！　ありがとう！　でも返事をする方も勇気がいるのです！

「私も好き」なんて到底言えない！　どうか、「僕と付き合ってください」と言ってください！

「羽澄、あのさ、おれと付き合うのは嫌かな？」

惜しい！！！！！　その聞き方では「嫌じゃないよ」というあやふやな返事になってしまいます。

「嫌じゃないよ」

「……じゃ何？」

「何って言われても……」

「もしかして、好きな人いるとか？」

「おめぇぇぇぇぇだぁ」と顔を近づけながら、走を指さして罵りたくなります。

「いや、いないよ」

あ――――。まるで走のことも好きじゃないみたいな言い方をしてしまいました。

「まぁおれはあきらめないから！　またご飯行ってくれる？」

「うん！」

そう！　こういう聞き方を！

「羽澄、じゃ今日はとりあえず帰ろう」

「……うん」

私たちは駅まで並んで帰りました。

いつもよりゆっくり歩いています。

私は人生において最大級の勇気を振り絞って言いました。

「ありがとう」

ぺたんこ

いつだって、髪の毛がぺたんこの佐喜本《さきもと》さん。

その理由を僕は知っている。

佐喜本さんは登校時、いつもヘッドホンで音楽を聴いている。そのせいでヘッドホンの跡が、頭頂部についている。

髪型よりも、ヘッドホンで音楽を聴くことを優先する佐喜本さんは、生粋《きっすい》の音楽好きに違いない。

高二女子たちは皆、髪型のセットに余念がない。そこに交じった佐喜本さんのぺたんこの頭頂部は、ひときわ目立っていた。

髪型は、整えることで高品質になり、崩れることで低品質になる。しかし佐喜本さんのヘッドホンによって崩れたぺたんこの頭頂部からは、音楽を聴いていたことが容易にわかり、つまりそれは意思表示をしている髪型であり、よって高品質な髪型になるのだ。

僕も高品質な髪型になりたいと、整髪料ではなく、お小遣いをはたいてヘッドホンを買った。

自分の部屋で初めてヘッドホンを装着し、音楽を流すと、脳がさわやかに弾《はじ》けた。頭上で広がる形のない世界。

鏡の前に立ち、ヘッドホンを装着した自分の姿を見た。少し浮いたヘッドホン。顔とヘッドホンの具合が何かに似ている気がして、よく考えた。

そうだ。

クレーンゲームで持ち上げられ、穴まで運ばれている途中の、アームで頭をつかまれているぬいぐるみと似ているのだ。

これでは頭頂部がぺたんこになることはない。だからサイズを小さくして、頭の輪郭にピッタリと合わせた。


次の日の朝、登校中の生徒たちの中に、ヘッドホンで音楽を聴く佐喜本さんを前方に見つけた。僕は、さりげなく、二人分の距離を空けて横並びになり、同じ速度で歩いた。

ヘッドホンの二人。

それをいいことに僕は野良猫《のらねこ》に話しかけるような声量で声を出した。

「何聴いてるの？」

当然、返事はない。音楽を聴く佐喜本さんには聞こえないのだから。

それがとてつもなく楽しかった。

学校に着き、ヘッドホンを取り、トイレの鏡で頭頂部を確認した。

ぺたんこ。

佐喜本さんと同じぺたんこ。同じ意味を持つぺたんこ。

どんなコレクターも手に入れることができないぺたんこ。

そもそも誰も欲しがらないぺたんこ。

でも僕はずっと欲しかったぺたんこ。

学校には数え切れないほどの頭頂部がある。その中で、佐喜本さんのぺたんこと僕のぺたんこが出会えば、凸《でこ》と凹《ぼこ》のごとく、ガチッと音を立ててハマる。

いや、佐喜本さんと僕のぺたんこの関係性は、凹と凹なのか。ぺたんことヘッドホンが凸と凹の関係性なのか。

つまり僕がヘッドホンにならないと、佐喜本さんの頭頂部と、ガチッと音を立ててハマることはない。

自分がヘッドホンになる?

果たしてそれはどういうことなのか。

歌手になれと?

佐喜本さんに、歩きながらも聴きたい！　と思わせるほどの楽曲で、デビューする必要がある。

違う。そんな大掛かりなことではなく、単純なこと。

僕が佐喜本さんの耳に寄り添うこと。つまり、話しかけること。

まわりまわった思考はようやく単純な結論に行きついた。

その日から、登校時、ヘッドホンの佐喜本さんを見かける度に、横並びになり、一度だけ声をかける。


「佐喜本さん、音楽好きなの？」

「佐喜本さん、僕もヘッドホン買ったんだ」

「佐喜本さん、ヘッドホンに桜の花びらついているよ」

「佐喜本さん、授業中もヘッドホンで音楽を聴けたらいいのにね。まぁさすがにそれはダメだね」

「佐喜本さん、ヘッドホンって暑いよね？　耳周りが汗だくだよ」

「佐喜本さん、夏休みはどこかに行ったの？」

「佐喜本さん、枯れ葉や落ち葉が風で地面を這《は》うとき、音を立てるよね」

「佐喜本さん、ヘッドホンって温かいね」

「佐喜本さん、次も同じクラスになれたらいいな」

「佐喜本さん、違うクラスだったね」

「佐喜本さん、進路はどうするの？」

「佐喜本さん、ヘッドホンの耳あての部分は洗った方がいいのかな？　僕のヘッドホンの耳の部分は汗だくだよ」

「佐喜本さん、僕、夏休み塾ばっかりだったんだ」

「佐喜本さん、今日は卒業アルバムの写真撮影の日だよ。髪の毛どうするの？　もし、ぺたんこのままで撮るのなら、僕もぺたんこのままにしておくよ」

「佐喜本さん、去年の冬はコート着てなかったのに、今年は着るんだね」

「佐喜本さん、いつも一人で登校しているよね」

「佐喜本さん、僕もいつも一人なんだ」

「佐喜本さん、もうすぐ卒業だね。高校生活ってあっという間だったね。大学生になったら、もう少しはマシな学校生活を送るよ。夕食のときに、親になにかを話せる程度の毎日を過ごすよ。あっ、そうだ。ここだけの秘密だよ。実は僕、ヘッドホンつけているだけで、音楽は流していないんだ。裏切ってごめんね」

「私も」

「………」

「私もだよ」

「…………」

「ありがとう。何回も話しかけてくれて」

「…………」

「大学どこ行くの？」

「……樋脇《ひわき》大学」

「本当に？」

「うん」

「私も」

「そっか」

「賢いんだね」

「ん？　間接的に佐喜本さん、自分が賢いって言ってるね」

「うん」

「おもしろい」

「同じ大学なんだね」

「うん。やったー」

「やったー」

「佐喜本さん、とりあえず、大学生になってから色々話そうか」

「うん。そだね。高校生活はこのままの関係でいいね。じゃ大学の入学式からは話そうね」

「うん」

「じゃぁね。私、歩く速度あげるね」

「うん。また」

冷たい風が顔に当たった。

目をぎゅっと閉じた。

鼻がツーンとした。

ヘッドホンを外した。

耳は温かかった。

髪の毛はぺたんこに違いない。

元女子大生の小説批判！　〜出雲の掛け軸〜

「目が合った瞬間、運命を感じた」（原文ママ）
「初めて君と目が合ったときから好きだった」（原文ママ）
「訃報を知ったばかりのような世間の眼差《まなざ》し。それを平然と受け止めたふたり。あの日、夕暮れに目を細めず、視線をぶつけ合った。だから成し遂げられた偉業だった」（原文ママ）

最近読了した三冊の恋愛小説に出てきた文章。

別々の主人公たちは、「目が合う」ことで恋に落ちたらしい。

私はコラムニスト。大学に入学してすぐ、軽い気持ちで〈女子大生の小説批判!!〉というアカウントでＳＮＳを始めた。

平日に一冊の小説を読み切り、土曜日にいわゆる読書感想文を書き、一晩寝かせて、日曜日の朝に再確認して、正午にアップ。誰かにやらされたわけではない。自主的に取り組んだのだ。

アクセス数が増えることが楽しかった。流行《はや》りの小説を取り上げるとさらに増えた。批判が強めの文章になると、アクセス数が減る傾向にあった。小説のおもしろみを見つけて褒める。そして、「たしかにおもしろかった。でもこれくらいのおもしろさなら、カフェで友達と話してた方が楽しかったかも」と、女子大生ならではの軽い意見を述べる。そこから、具体的な理想のストーリー展開を綴《つづ》る。

様々な傾向と対策を立てながら、二年間、一度も更新を怠らなかった。その結果、とある出版社から連載の依頼が来た。

「SNSではなく、ウチの雑誌で〈女子大生の小説批判!!〉をやりませんか？」

ふたつ返事で引き受けた。

今まで通り、自分で小説を選び、日曜日に提出。

唯一変わったことは二千五百字にまとめること。

驚いたことは一本五千円の報酬がもらえること。

読書も、文章を書くことも好きだった私にとっては天職。就職活動もしなかった。

連載が始まるとSNSの更新を止めるのではなく、〈表紙大改革！〉という名前に変更して続けた。

内容は、連載で取り上げた本を「このストーリーなら表紙はこうあるべきだ！」と勝手に架空の表紙を作り、アップするものだった。

大学を卒業すると〈女子大生の小説批判!!〉は〈元女子大生の小説批判！〉と変化して、継続した。〈！〉をひとつ減らしたのは編集者のアドバイスだった。

「びっくりマークをひとつ減らすことで大人になった感じがする」

素敵な変化だと思った。報酬は一本一万五千円になった。

さらに、〈表紙大改革！〉は別の雑誌で連載が決まった。こちらの報酬は一本三万円。暮らしていける収入は得られた。

そんな生活が二年続くと、〈元女子大生の小説批判！〉が一冊の本になった。

売れ行きも好調で、ある程度余裕を持った暮らしができるようになった。

順風満帆に思える私の生活は、全く順風満帆ではなかった。

なぜならば私の生活は、本を読み、パソコンを睨《にら》み、架空の表紙を作る、これだけだった。物理的に、これしかできなかったのだ。

恋愛自体が遠距離にあった。

高校のときは、溺れないほどの恋愛を何度かした。しかしＳＮＳを始めてからは異性と食事にすら行っていない。同性とも数える程度。

それにより恋愛小説を読んでも「くだらねぇ」と思うようになってしまった。批評する上で「くだらねぇ」は禁物。あくまでも、作品に真摯に向き合うことが大切だった。

先々週に取り上げた〈風の河川敷〉、先週に取り上げた〈グリオットと過ごした夏〉、そして今週の〈出雲の掛け軸〉、なんと偶然にも三作品すべてが「目が合う」ことで恋に落ちる内容なのだ。純文学に振り分けられる〈出雲の掛け軸〉でさえ。

ならばと、私も「目が合う」ことに真摯に向き合ってみた。


今、私はカフェでこの原稿を書いている。

まさに今、カフェにいるのだ。

斜め前の三十代らしきサラリーマンを見つめてみよう。

視線を感じたのか、サラリーマンがこちらを見た。

目が合った…………何も思わない。

やはり、「目が合う」だけでは恋は始まらない。

次に、男性店員の目を見つめた。

一向にこちらを見ない。

十分は経過しただろうか。

ついにこちらを見た！

十分間も見続けた結果、ついに目が合った！　…………何も思わない。

「目が合う」だけで恋は始まらない。

この結論をパソコンで打っていると、カフェの扉が開いた。何気なくそちらを見た。行動に意味などない。物音がした方向を見る犬のように、そちらを見た。

入店したのは長身のニット帽を被《かぶ》った男。オシャレのためにニット帽を被っているのではなく、防寒のために被っている様子。そこに妙な好感を持った。

寒がりなんだなと思って、一瞬店内を見回し、またニット帽の男を見ると、目が合った。

……あれ？　……何か感じ取ってます私。

あっ、私、目が合って恋に落ちる原理がわかったかもしれません。

同じタイミングで「目が合う」と恋に落ちる。ということかもしれません。

寸分の狂いもなく目が合う。少しでも早くどちらかが目を見ていたら駄目。誤差があってはならない。一瞬の時間差も、刹那の時間差も。

刹那の刹那の狂いもなく目が合えば恋愛小説のように心が動くのかもしれない。

実際に私は今、動揺しています。

だって、私たちは今、刹那の刹那の刹那の狂いもなく目が合った。

ここに宣言します。

私は今から一世一代の勇気を振り絞り、ニット帽の男性に声をかけにいきます。

もし来週からこの〈元女子大生の小説批判！〉がつまらなくなっていたら……声かけ

〈絶対に逆ナンとは言わない！〉が成功したんだ！　と思ってください。

もし来週から〈表紙大改革！〉の架空の表紙が手抜きに感じたら、彼とうまくいったんだ！　と優しい目で見守ってください。

もし来週、いつもよりパワフルな文章を書き、なおかつ手のこんだ架空の表紙を描いていたら、撃沈したんだ……！　と思ってください。

では、また来週の〈元女子大生の小説批判！〉で会いましょう。

〈表紙大改革！〉は違う出版社なので、そこまで宣伝はできませんが……。

結論、〈出雲の掛け軸〉は恋愛に勇気が出ない方の背中を少しだけ押してくれる本かもしれません。


（ゆみやかおり）

原宿ガール

私を原宿に連れていってくれる箱が届いた。


片田舎。

田んぼ道を歩く。

高校二年生の私にとって、ここは塀のない刑務所。

生き物の鳴き声が聞こえても姿は見えない。

田んぼは見飽きた。マンホールは珍しい。

隣の家が離れている。むしろ、遠い。隣じゃない。どこが隣人？　あれは遠人。えんじん。遠人のおじいちゃんが田んぼで何かしてる。年中、日焼けで赤褐色。こちらに気づいて手を振ってくる。

振り返しながら、こう思う。

田んぼで遊ぶ猿人。

家に着く。広い土間玄関。段ボール箱に入った野菜が迎えてくれる。土がついたままの野菜たちは、「あなたたちは土がついているから家には上がらないでね。ここまでよ」とでも言われたのか。

「ただいまー」

「おかえりー。箱、届いてたよー」

台所でお母さんがジャガイモの皮をむきながら言った。

「やーーっしゃ」

小さな奇声。運動靴を脱ぎ捨てる。

居間に駆け込む。畳の上に置かれた小さな段ボール箱。土つき野菜が入った段ボール箱とはまるで違う。お母さんが適当にポンっと置いたはず。それなのに箱の底が畳の目に沿っている。

私を原宿に連れていってくれる箱。最初のひとつ。

正座で開ける。箱の中は東京の空気？　それなら全部吸う。

半紙のような紙に包まれた靴。薄紙はきれいに折り畳んで保管する。

ニューバランスのスニーカー。

白を基調としているのに運動靴感がない。なぜ？　ロゴのアルファベットは薄いピンク。

神がかったデザイン。

待ちきれない。自分の部屋に駆け込み、全身鏡の前で履く。靴底は当然、汚くない。むしろ美しい。意外と制服のセーラー服とも合う。魔法の靴。

もう原宿へ行けそう。いや、まだ行けない。すべてのアイテムが揃《そろ》ってからだ。

お年玉とお小遣いを貯《た》めて一アイテムずつ買い揃える。

そして今年の夏、私は原宿へ行く。

全身コーデは決めてある。

ニューバランスのスニーカー、デニム生地のスカート、薄いピンクのあえてワンサイズ大きい無地Tシャツ、チャンピオンの水色のキャップ。原宿ガールの完成予想図。


お金が貯まるとお母さんにネットで注文してもらった。

私を原宿に連れていってくれる箱が届く度に、心が激しく躍った。この高揚に慣れることはなかったし、そもそも高揚ってやつは箱が届く度に大きくなった。

一箱届くごとに、原宿に一歩ずつ近づく感じ。

我慢できずに、ニューバランスのスニーカーは、届いたときから履いている。

クラスのみんなから「その靴、かわいい」と何度も言われた。毎度私は心の中で「靴じゃなくて、スニーカー、と呼ぶのが原宿ガール」と思った。

最後の箱が届いたのは、最初の箱が届いた七か月後。

全身鏡の前でひとりファッションショーを開催した。

デニム生地のスカートの広がり過ぎないシルエットに拍手喝采。Tシャツの袖は折り返す。讃美、讃美。無地Tを選んだのは、キャップのチャンピオンのロゴを映えさせるため。チャンピオンの水色のキャップは浅く被《かぶ》る。のせるように。濃い目の水色なのに、青ではない。奇跡の色。この色と出会った奇跡。全身鏡に、勉強机とアニメのキャラクターのシールが貼られたタンス、そして原宿ガールが映る。

この子は誰？　そう、私。

「本当にひとりで行くの？」

不安そうなお母さんが聞く。

「うん、行く」

私は原宿に行く。


八月一日。朝の七時。十七歳の私は塀のない刑務所を脱走した。田んぼに囲まれた道を駆け抜ける。

鈍行列車で四時間半。車窓の景色は山、山、山。緑一色。つまんない。

雑誌の付録で手に入れた、真っ白の布地トートバッグ。そこにお母さんが作ってくれたおにぎりを入れた。「持つのはここです」と言わんばかりの海苔《のり》。サランラップで包んだ大きなおにぎり。白と黒の二色。ダサい。

半分食べたところで、腹一杯。残りは包み直してトートバッグへ。

十一時半。私は原宿駅に降り立った。

人、人、人、人、人、人。

車、車、車、車。

店、店、店、店、店、店、店。

この光景に怖《お》じ気《け》づくわけもなく。

ただゆっくりと笑みをこぼす。そして垂れ流す。無限の笑顔は湧き水の様。

原宿に何をしに来た？　目的はない。ただ〈原宿の人〉になりたかった。原宿を歩いて、人とぶつかって「あっすみません」と言いたかった。信号待ちをしたかった。信号が青に変わると歩き出す人々。実は誰も信号なんか見ていない。隣で待っている人が動いたから歩き出しただけ。唯一、信号を見ていた人が歩き始めると、そこから観客席のウェーブのように進む人々。向かい合うウェーブは戦国時代の合戦の如《ごと》し。

私は〈原宿の人〉になった。

竹下通りを闊歩《かっぽ》する。

原宿ガールは可愛《かわい》い。みんなオシャレ。それが原宿ガール。

〈原宿の人〉は服屋へ行く。服屋と言ったら駄目。ショップと言わないと。

カジュアル系で古着もあってオリジナルブランドもある有名ショップ〈ファニハピ〉へ！

竹下通りの中間地点辺りにある〈ファニハピ〉の看板。その下にある階段は地下へ通ずる。迷いなく階段を駆け下りる私は紛れもなく、原宿ガール。

入り口開けば、色の山。

たくさんの服は胸を躍らす流行歌。

あちらこちらにある全身鏡。

とある一枚の鏡がたくさんのオシャレな服を背景に、〈原宿の人〉を映し出す。

偶然そこに映り込んだひとりの少女。誰？　私？　誰？

胸の太鼓が鳴《な》り止《や》んだ。

肌色だけの顔。一色の顔。つまんない。強いて言うなれば、黒い眉毛がある。二色だけ。ダサい。

脳天にのっかったキャップ、袖の折り返しがだらしないTシャツ、少し長いスカート、薄茶の汚れが目立つトートバッグ。

ニューバランスのスニーカーには土がついている。靴底にへばり付いている乾ききった土。片方の足で靴底をこすってみるも取れる気配はない。

すぐに服屋を出る。地上へつながる急な階段。

「暑っ」

地球温暖化が急激に進んだのか。さっきもこんなに暑かった？　誰に聞く？　誰にも聞けない。だって、誰も私を見ていない。

走った。

人を避《よ》けながら走った。肩がぶつかった。謝らない。謝れない。無言で走る。

竹下通りを抜けて何もわからず左に曲がる。人だらけ。走る。これだけ走っても靴の土は取れない。

バカのひとつ覚えでまた左に曲がる。人がいない。

瞬間移動しちゃった。そんなわけはない。ここは原宿。だが人はいない。神社？　東郷《とうごう》神社と書いてある。照りつける太陽。暑い。止まらない汗。止めどなく流れる汗。口角の横を滑り落ちる滴は何？　汗？　にしては粘りがある。この滴、涙かな？

木陰に隠れる。

左右の靴を脱ぎ、塀に投げ付ける。思いっきり。「お前のせいだ」と。靴が塀に打ち付けられると、へばり付いた土が少しだけ飛び散った。塀の下に、何年も前からそこに捨てられていたような靴が二個転がった。誰の靴？　知らない。

靴下のまま歩き出し、東郷神社を出る。

誰にも見られたくない。キャップを深く被る。下を向く。靴下越しにアスファルトの熱さが伝わる。

等間隔でマンホールが視界に入る。歩幅の妙で五枚目のマンホールを踏む。

「……熱っ」

ホットプレートと化したマンホール。

振り返る。うつむいて歩いてきた道には目のようなマンホール。辺り一帯に〈原宿の目〉が潜む。〈原宿の目〉が私を見ている。目は数えきれないほどにある。無数の目すべてが私を嘲笑《あざわら》っている。

目を踏みつけてやる。熱い。それでも何度も踏みつける。だって目だもん。目、踏まれたらつむるでしょ。

通りすがりの〈原宿の人〉たちが見てくる。構わない。あなたたちの目も踏んで差し上げましょうか？

〈原宿の目〉と〈原宿の人の目〉はこっちを見続ける。構わない。逃げたらいいさ。

私は走り去った。

四時間半、何を考えていただろうか。

田んぼ道に入ると足の裏が痛かった。小石がたくさん食い込む。靴下はすっかり破けていた。赤くなった足の裏を夕日が照らして真紅色に染めた。

田んぼを眺めながら、残ったおにぎりを食べた。「もしかしたら腐ってるかも」と思うと、絶対に食べてあげたかった。腐ってなんかないもん。

田んぼの中から隣のおじいちゃんが手を振ってくれる。振り返すと嬉《うれ》しそうにした。

家に着く。広い土間玄関。やっぱり土がついた野菜たちは、私を迎えてくれた。

あとがき

しっぽの殻破り

体が白と黒だから〈カウ〉、ラブラドールレトリバーだから〈ラブ〉。

そんな安易な理由でつけられた名前は、決して適当ではない。

「どんな名前でもキミを愛する！」宣言なのだ。

また、一秒でも早くキミの名前を呼びたいんだ！

キミを迎え入れる前から、キミの名前を心の中で呼びたいんだ！


―・・・―・・・―・・・―・・・―

ミルフィーユとコートの先にある見解

ケーキという食べ物は、適量を口に入れて、大切に、頂きたいものだ。

しかし最後に残ったカケラが、〈ひと口にしては大きく、半分にするには小さい〉ときがある。

――結局、無理して、ひと口で頬張る。

そんなときはパティシエに心の中で「すみません」と謝りながら食べる。


―・・・―・・・―・・・―・・・―

告白と黒板

〈友達〉と〈親友〉の境界線は繊細。

友達に人数制限はない。

しかし、親友には人数制限みたいなものがあり、「親友は一人だけ」という風潮があるような気がする。

そのせいで、〈友達〉と〈親友〉の境界線に触れることに過敏になる。

また、親友は人間限定という風潮もある。

動物だって、エンタメだって、とにもかくにもなんだって、親友になりうる気がする。

ラブロード

入学式なのに、学校生活がすでに半年目に突入している雰囲気のツワモノがたまにいる。

意味がわからない。

そういう人に憧れるけど、自分とは随分とかけ離れた人物像だから、憧れることすらやめる。

そのくせ、ミュージシャンに憧れ、自分とは随分とかけ離れた職業のはずなのに、憧れ続けるのはなぜだろう。

男子諸君に捧ぐ、応援文

指の関節を鳴らす理由はなんだろう。

もちろん、すべての人が鳴らすわけではない。

かくいう僕は鳴らす。

たまに考える、「果たしてこれは気持ちいいのか？」と。

もし、ポキッと音がしなかったら、どうなのか。

気持ちよさは半減するにちがいない。

これって、玄関の鍵をかけるときと似ている。

ガチャッと音がするから、よりしっかりとロックがかかった気がする。

音は大切。

手をつなぐとき、ついでに「ギュッ」と言うと、より〝手をつないだ感〟が出るのでは。

オレは大鳥くんを傷つけたのかもしれない

古本屋さんに、自宅にあった大量の本を買い取りしてもらったら、卒業アルバムが混ざっていて、店主が「これは買取価格ゼロ円です」ではなく、「これはウチでは買い取りできません。高すぎますもの。買い取ったら店がつぶれます。だからお返しします」と言った。

こんな粋な出来事が、日本のどこかで起きていたら嬉《うれ》しい。

ぴょんちゃんと私

下の名前をもじったあだ名より、名字をもじったあだ名の方が、素敵なあだ名と感じます。

太陽はいずれ夕日となる

急なのぼり坂が好きだ。

細かいことで、平坦《へいたん》な道では、地面に対して九十度で立つことになる。足とスネの角度は九十度。

急なのぼり坂の場合は、足とスネの角度が傾斜角度の分、小さくなる。そこになんとも言えない味わい深さを感じる。

また、よいしょ、よいしょ、と足の裏を全部つけながらのぼる感覚も心地いい。

これは紛れもなく健康だから感じられること。

長生きな人が、お肉を食べながら、「長生きの秘訣《ひけつ》はお肉を食べること」と言っているのを聞いたことがある。

それに対して、異論を唱える。

健康だから、お肉を美味《おい》しく感じられるんだ。

真のおもしろい人になりたくて

面白いは〈おもしろい〉と読む。

でも〈めんじろい〉と読んだ方が面白い。

名古屋は〈なごや〉と読む。

でも〈めいぷるや〉と読んだ方が可愛い。

バヒッビック

笑顔が大きい人。

物理的に口が大きいとかそういうことじゃなく。

言語化できないけれど、どういうわけか、笑顔が大きい。

無理して言語化してみると、笑顔が満面に達するまでの時間が長いと、大きい笑顔と感じるのかもしれない。

ゆっくりと笑顔になる、ということ。

真顔から、ぐぅわ――――――ぁっと、笑顔になる人が、大きい笑顔なのかもしれない。

おじいちゃんやおばあちゃんはゆっくりと笑顔になる印象がある。

うーん……やっぱり言語化できなかった。

厄介な彼氏

好きな食べ物は答えられるけど、
愛《いと》しい食べ物は答えられない。
そんなことが、なぜか、悔しい。

浦山くんが僕の大親友になったきっかけの話

夏のある日、京都の祇園四条《ぎおんしじょう》で、数十メートル先を歩いていたおばあさんが倒れた。

おそらく、熱中症。

近くの人が駆け寄り、すぐに救急車を呼んでいた。

僕も、そこに向かって走ろうとしたが、すでに人手はじゅうぶんだった。

だから素通りした。

手持ち無沙汰の人もいた。それほどの余剰人員。

僕は「なにもできなかった」というよりも、「なにもするべきではなかった」のだ。

誰しもがあらゆる場面で「自分はなにもできなかった」と落ち込んだことがあるだろう。でもそれは、なにもするべきではなかった場面、だったのかもしれない。

完璧な前髪

意中の相手の前髪が、完璧かどうかはどうでもいい。

前髪を完璧に仕上げようとすることが、可愛いのです。

嫉妬と同情

自転車に乗ると髪の毛が崩れる。前髪なんか、ぐちゃぐちゃ。

黙れ！　そんなこと知るか。ただただ一緒に過ごしたいんだ。

自転車デートしよう。


――・・・――・・・――・・・――・・・――

キザ男

頭を触ることは特別なことなのかな。

祖母が死んだとき、祖父が祖母の頭をずっと撫《な》でていた。『ええんじゃ、ええんじゃ」って言いながら。なんか不思議な気持ちになった。


――・・・――・・・――・・・――・・・――

紅葉

「どっちでもいい」って言われたら少しだけ嬉しい。

「車で行く？　電車で行く？」

「どっちでもいい」

どっちでも楽しいってことだし、〈一長一短をわかってる大人〉って感じがする。


――・・・――・・・――・・・――・・・――

恋人ごっこ

喫茶店に入るほどでもない疲れ。自動販売機で済ませられる程度の疲れ。すごく好き。

――・・・――・・・――・・・――・・・――

無言で捨てない私のルール

写真を捨てるとき、後ろめたい気持ちになるのはなぜだろう。

ふと、過去に捨てた写真を思い出そうとしても一枚も思い出せなかった。

あ、思い出を消そうとして写真を捨てたからか。思い出を消すことに成功したってことか。


――・・・――・・・――・・・――・・・――

結束力

絵に完成はない。

とあるスゴい画家の逸話。

「絵が完成した！」と思っても、「ここに描き足そう、ここを消そう」と、いつまでたっても満足できなかった。気がつけば二十八年。

それに呆《あき》れた妻が、絵を透明の箱に入れて鍵をかけ、その鍵を川に捨てた。

それに対して画家は激怒することなく、「ようやく完成した。これが答えだったのか」と妻に感謝した。

その絵こそ、あのマニャーロトルの〈まばらの棘《とげ》〉だ。

検索して、この絵を見てください。

僕と読者さまの結束により……。

密室恋愛事件

「ケーキが好きだから、ケーキ屋さんで働くことにしました」

「ケーキが好きだから、ケーキ屋さんの向かいのお店で働くことにしました」

現実的なことは抜きにして、後者の考えの方がバカっぽいけど、賢そう。

なにより後者の奴の方が好き。

告白する勇気、小なり、返事する勇気

「どこに遊びに行きたい？」と聞かれると、返事に困る。

「どこに遊びに行きたくない？」と聞かれると、スラスラと答えられるし、ワクワクする。

「どんな髪型にしたい？」と聞かれると、恥ずかしくて答えられない。

「どんな髪型にしたくない？」と聞かれると、スラスラと答えられるし、たくさん笑っちゃいそう。

ぺたんこ

満員電車。

背負っているリュックが邪魔にならないように、前にかかえる。

乗換で駅構内を移動。

次に乗る電車もきっと満員。

それなら、前にかかえたまま歩こう。

この感じの人、見るの好き。

その人が、ヘッドホンで髪の毛がぺたんこになってたらより完璧。

元女子大生の小説批判！　～出雲の掛け軸～

帽子のかぶり方で、人柄がわかる。

コレ、本気で思っているのは僕だけでしょうか。

食事作法。帽子のかぶり方。

後者の方が、その人が触れてきたモノがたくさんわかる気がします。

原宿ガール

オシャレな街の、オシャレなショップの店員さんは、自動的にオシャレに見える。

オシャレは厄介な文化だ。

オシャレをしたいのか、オシャレと思われたいのか、「オシャレだね」と言われたいのか、これらの線引が曖昧な十代。

〈オシャレ〉という文化のせいで、傷ついたことがある人はたくさんいると思う。

初出・出典

本書は、読売中高生新聞の連載に加筆・修正したものを中心に収録しました。

また、『告白する勇気』、小なり、返事する勇気』、『元女子大生の小説批判！　～出雲の掛け軸～』、『原宿ガール』は、ｎｏｔｅで発表した作品に加筆・修正したものです。

『しっぽの殻破り』『ぺたんこ』は、書き下ろしです。

＊本作品はフィクションであり、実在する人物・団体などとは一切関係ありません。

福徳秀介（ふくとくしゅうすけ）

1983年生まれ、兵庫県出身。関西大学文学部卒。同じ高校の後藤淳平と2003年にお笑いコンビ「ジャルジャル」を結成。TV・ラジオ・舞台・YouTube等で活躍。キングオブコント2020優勝。福徳単独の活動として、絵本『まくらのまーくん』は第14回タリーズピクチャーブックアワード大賞を受賞。そのほか著書に、絵本『なかよしっぱな』、長編小説『今日の空が一番好き、とまだ言えない僕は』がある。

しっぽの殻破り

２０２３年11月６日　初版第１刷発行
２０２３年12月13日　第２刷発行

著　者　福徳秀介
発行者　野村敦司
発行所　株式会社　小学館
〒１０１－８００１
東京都千代田区一ツ橋２－３－１
電話　編集03－３２３０－５６２５
販売03－５２８１－３５５５
ＤＴＰ　株式会社昭和ブライト
印刷所　ＴＯＰＰＡＮ株式会社
製本所　株式会社若林製本工場
装　画　角ゆり子
装　丁　佐藤亜沙美（サトウサンカイ）

ISBN978-4-09-389139-4

制作／友原健太　資材／斉藤陽子　販売／窪康男　宣伝／鈴木里彩
編集／田中明子